어떻게 사람의 마음을
얻을 것인가

어떻게 사람의 마음을
얻을 것인가

글·그림 이철환

㈜자음과모음

차례

'인간의 감정'과 '인간의 본성'에 대하여

무엇을 선택할 것인가

어떻게 사람의 마음을
얻을 것인가?

'어떻게 사람의 마음을 얻을 것인가?' 제가 이 질문에 관심을 갖게 된 이유는 단순합니다. 세상을 살아가려면 원하는 것을 얻어야 하는데 사람의 마음을 얻지 못하면 아무것도 얻을 수 없기 때문입니다. 가족의 마음을 얻고, 친구나 애인의 마음을 얻고, 함께 일하는 사람들이나 그 밖의 다른 중요한 사람들의 마음을 얻을 수만 있다면 우리는 행복해질 것이며, 우리가 원하는 것도 더 많이 얻을 수 있습니다. 물론 타인의 마음을 얻기 위해선 무엇보다도 자기 자신을 사랑하고 돌보는 일이 먼저일 것입니다. 타인의 마음을 얻는 것은 나 자신에 대한 믿음으로부터 시작되기 때문입니다.

사람의 마음을 얻고 싶었지만, 저는 수많은 시행착오를 겪었습니다. 부족하나마 그것을 통해 깨달은 저의 이야기가, 그리고 동서양의 고전을 공부하며 만난 빛나는 통찰들이 독자들에게도 많은 도움이 되기를 바랍니다. 아울러 이 책은 강연을 책으로 엮은 것이 아님을 말씀드립니다. 저의 이야기가 독자들 마음속에 눈송이처럼 쌓이기를 바라는 마음에, 이야기를 들려주듯 그렇게 글을 쓰고 싶었을 뿐입니다. 이 책이 만들어지기까지 애써주신 모든 분들에게 감사드립니다.

제비꽃 필 무렵 이철환

삶의 모순 앞에서

창가의 풍경이 아름답지 않나요? 누군가 창가에 튤립 화분을 놓아두고 갔습니다. 누구에게 준 화분일까요? 창문이 있는 반지하 방엔 고등학교 다니는 여학생이 살고 있었습니다. 마음씨 착한 여학생이었어요. 그녀는 학교에 다니기 위해 이 방에서 혼자 자취를 해야 했습니다.

방범창의 창살이 견고해 보이시는지요. 혼자 살고 있는 어린 여학생을 지켜주는 든든한 방범창입니다. 여학생은 이따금씩 창가를 오가는 검은 그림자가 무서웠을 것입니다. 바람이 몹시 심하게 부는 날은 덜컹이는 창문 소리 때문에 곤한 잠을 깨기도 했을 거고요.

여학생은 공부를 하다가 이따금씩 창가로 다가가 창틀을 흔들어보았겠지요. 튼튼한 창살을 확인하고 싶어 잔뜩 힘을 주어 흔들어보았을지도 모릅니다. 아무도 들어올 수 없는 튼튼한 방범창이란 생각이 들어 여학생은 안도의 숨을 쉬었을지도 모릅니다. 가끔씩 창가로 다가가 방범창을 흔들어보았을 여학생의 모습은 생각만 해도 왠지 마음이 짠해집니다.

어느 해 여름이었습니다. 하늘이 구멍 난 듯 며칠째 비를 퍼부어댔습니다. 텔레비전은 연일 비 피해 뉴스를 전했습니다. 그날도 온종일 비가 내렸고 빗줄기는 자정이 지날 무렵부터 더 사납게 쏟아졌습니다. 모두가 잠든 새벽녘, 어디선가 사람들의 웅성거리는 목소리가 희미하게 들리기 시작했습니다. 누군가의 갑작스런 비명 소리에 여학생은 소스라치듯 잠에서 깨어났습니다. 그 순간 반지하 방의 창문을 산산이 부수며 빗물이 쏟아져 들어오기 시작했습니다. 가까운 산에서 산사태가 일어나 엄청난 빗물이 토사와 함께 순식간에 쏟아져 내려온 것입니다. 여학생은 다급히 몸을

일으켰습니다. 방문 밖으로 빠져나가고 싶었지만 방문으로 쏟아져 들어오는 엄청난 물 때문에 나갈 수 없었습니다. 물은 순식간에 그녀의 허리까지 차올랐습니다. 이제 밖으로 나갈 수 있는 방법은 오직 하나뿐이었습니다. 창문으로 나가는 것이었습니다. 여학생은 살려달라고 소리치며 온 힘을 다해 방범창을 흔들었습니다. 방범창을 뜯어내지 못한다면 그곳을 살아서 나갈 수 없다는 것을 그녀는 알고 있었을 테니까요. 삶과 죽음의 갈림길에서 그녀의 싸움은 얼마나 처절했을까요?

여학생은 방범창을 뜯어낼 수 없었습니다. 빗물은 금세 그녀를 넘어버리고 말았습니다. 그녀를 지켜주었던 방범창이 그녀를 가두어놓은 것입니다. 그녀를 지켜주었던 튼튼한 방범창이 그녀를 가두어 그녀의 생명을 빼앗았으니 세상에 이런 모순이 어디 있겠습니까? 이런 말도 안 되는 불행한 일이 왜 일어났을까요? 이처럼 우리의 삶은 모순과 부조리로 가득합니다.

어린 여학생의 죽음이 생각나 여러 날 동안 마음 아팠습니다. 그녀의 죽음으로 가족들의 아픔은 얼마나 컸을까요? 여학생이 살았던 반지하 방 창가에 꽃 화분 하나 놓아주고 싶었습니다. 그녀가 꿈꾸었을 눈부신 미래도 그려보고 싶었습니다. 그녀가 살고 있는 하늘나라는 어떤 모습일까요? 부디 그곳에서 행복하게 살기를 바랄 뿐입니다.

인간은 지혜롭고 이성적인가?
또한 인간은 합리적이고 상식적인가?

　여러분은 「고도를 기다리며」라는 작품을 읽어보셨는지요? 이
것은 아일랜드 출신의 작가 사무엘 베케트가 연극 무대에 올리
기 위해 집필한 희곡입니다. 희곡에 대한 평가는 물론 연극으로
만들어진 작품에 대한 평가도 극과 극을 달립니다. 좋다고 말하
는 사람들도 있고, 정말 좋다고 최고라고 말하는 사람들도 있지
만, 지루해 죽는 줄 알았다고, 이게 무슨 세계적인 작품이냐고, 말
도 안 되는 소리 하지 말라고 콧방귀를 뀌는 사람들도 꽤 있습니
다. 「고도를 기다리며」를 통해 사무엘 베케트는 노벨 문학상을 수
상했습니다. 그것은 이 작품에 대한 긍정적인 평가에 상당한 도

움을 주었을 것입니다. 노벨 문학상 수상자의 작품이라는 것만으로 얻을 수 있는 긍정적인 선입견이 틀림없이 있었을 것입니다. 발로 그린 듯 형편없어 보이는 그림도 피카소의 그림이라고 하면 달리 보일 수 있으니까요.

「고도를 기다리며」라는 작품 속엔 흥미를 끌 만한 사건이 전혀 나오지 않습니다. 에스트라공과 블라디미르라는 바보 같은 두 명의 주인공이 한 그루의 나무가 서 있는 쓸쓸한 시골길에 서서 '고도'라는 사람을 무작정 기다리는 것, 그것이 이야기의 전부입니다. '고도'가 누구인지, 무엇을 하는 사람인지, 그들이 왜 고도를 기다리는 것인지, 그 이유가 작품 속에 전혀 나오지 않습니다. 심지어는 '고도'가 사람이 아니라 '희망'이나 '자유'나 '평화'나 '빵' 같은 것일지도 모른다고 말하는 사람들도 있습니다. 누군가가 이 작품의 저자인 사무엘 베케트에게 이렇게 물었다고 합니다.

"'고도'는 도대체 누구인가요(혹은 무엇인가요)?"

이 물음에 대한 사무엘 베케트의 대답은 유명합니다.

"나도 모른다. '고도'가 누구인지(혹은 무엇인지) 알았더라면 내가 작품 속에 썼을 것이다."

'고도'를 기다리는 동안 두 명의 주인공은 길고도 지루하고 무의미한 대화를 나눕니다. 바보 같은 두 주인공들은 부조리극의 대표작인 외젠 이오네스코의 희곡 「대머리 여가수」처럼 앞뒤가 맞지 않는 엉뚱한 대화를 나누기도 합니다. 저는 책을 읽을 때 마음에 와 닿는 부분이 나오면 빨간색 색연필로 밑줄을 긋는 습관이 있는데요. 이 책을 읽고 나서 책장을 넘겨보니 밑줄을 그은 곳이 별로 없었습니다. 연극으로도 봤습니다만 선명하게 남는 장면이 단 한 곳도 없었다고 말할 수 있습니다. 그러나 희미하지만 큰 그림 하나가 남았습니다. 그 그림은 여러 가지 의미로 다가옵니다.

사무엘 베케트가 「고도를 기다리며」를 통해 우리에게 주고 싶은 메시지는 무엇이었을까요? 언제 온다고 확신할 수 없는, 그리고 반드시 온다고도 확신할 수 없는 그 무엇을 애타게 기다리는 것, 그 지루한 자신과의 싸움이 바로 인생이라는 메시지를 주고 싶었던 것일까요? '고도'를 기다리는 바보 같은 주인공들의 대화가 무의미하고 지루하기 짝이 없는 것은 인간의 일상을 많이 닮았습니다. 사람들은 전쟁 같은 삶을 살고 있다고 공공연히 말하고 있지만 대부분 생존을 위한 싸움일 뿐, 단조롭고 반복적이며 지루하기 짝이 없는 일상입니다. 애써 얻은 의미도 보람도 그다지 오래가지 않는 것 같습니다.

사무엘 베케트는 단조롭기 짝이 없는 보편적인 인간의 삶을, 자신이 꾸며낸 이야기로 과장하거나 축소하고 싶지 않았는지도 모릅니다. 끊임없이 무엇인가를 소망하며 단순하고 반복적이고 지루한 일상을 살아가는 인간의 삶을 그는 작품을 통해 그대로 보여주고 싶었는지도 모릅니다.

인간의 모습은 지혜롭고 이성적이며 합리적이고 상식적일까요? 작품 속에 나오는 바보 같은 두 명의 주인공의 모습이 실제 인간의 모습이라고, 사무엘 베게트는 말하고 싶었는지도 모릅니다. 인간의 모습은 지혜롭고 이성적이며 합리적이고 상식적인 것처럼 보이지만 실제로는 그렇지 않을 때도 많은 것 같습니다.

「고도를 기다리며」가 고전(古典)이 된 것은 무엇 때문일까요? 「고도를 기다리며」를 희곡으로 읽거나 연극으로 보는 사람들은 작품이 끝날 때까지 '고도'가 나타나기를 기다리지만, 앞에서 여러분께 말씀드린 것처럼 '고도'는 끝끝내 나타나지 않습니다. 이 작품은 단지 1막과 2막으로 구성되어 있는데요. 1막의 마지막 부분과 2막의 마지막 부분에 '고도'를 기다리는 두 주인공 앞에 한 소년이 아주 잠시 나타납니다. 그는 두 주인공에게 '고도'는 내일 올 거라는 전갈을 전할 뿐입니다. 소년으로부터 '고도'는 내일 올 거라는 전갈을 받은 두 주인공은 전혀 기뻐하지 않습니다. 그들은 '고도'가 내일도 오지 않을 것임을 미리 알고 있는 것 같았습니다.

어쩌면 「고도를 기다리며」의 위대함은 지루하기 짝이 없는 일상 속에서도 막연하지만 그 무언가 좋은 일이 생길 거라고 기대하는 인간의 집요함 혹은 어리석음 때문에 만들어진 것인지도 모릅니다. '고도'가 올 거라는 밑도 끝도 없이 막연한 소망을 가지고 '고도'를 기다리는 두 주인공의 어리석은 모습을 통해 독자들 혹은 관객들이 주인공들의 모습을 닮은 자신을 바라보게 하고 싶었던 것이 사무엘 베케트의 의도였는지도 모릅니다. 인간은 대체로 지혜롭고 이성적이라고 생각하시는지요? 인간은 대체로 합리적이고 상식적이라고 생각하시는지요?

「고도를 기다리며」가 오랫동안 사랑을 받는 이유는 무엇 때문일까요? 위대한 것들은 대체로 그것을 알아볼 수 있는 인간의 명민함 때문에 위대해진 것이 아니라고 합니다. 위대한 것들은 차라리 인간의 어리석음이나 나약함을 기반으로 위대해진 것일지도 모른다는 것이지요. 마치 역사에 남을 만한 폭력적인 정권들이 민중의 어리석음을 기반으로 삼았던 것과 비슷한 이치입니다. 이런 의미에서 '위대한 것'은 '인간의 결함'을 토대로 할 때가 많다는 파스칼의 말은 많은 공감을 줍니다. 히틀러가 한때 '위대한 히틀러'가 될 수 있었던 것은 '위대한 히틀러'를 만들어준 어리석은 민중이 있었기 때문입니다.

가난하고 병든 사람들을 위해 일생을 헌신했던 테레사 수녀가 위대해진 것은 그녀의 위대함을 알아보았던 인간의 명민한 안목이 있어서가 아닐지도 모릅니다. 테레사 수녀처럼 살 수 없었던 대다수의 사람들이 어느 날부터 테레사 수녀의 헌신은 위대했다고 힘주어 말하고, 대를 이어 말하고, 또 말하면서 테레사 수녀는 위대해진 것인지도 모릅니다. 테레사 수녀의 위대함은 오직 자신의 삶에만 급급한 보통의 인간들에 의해 만들어진 것입니다. 인간 모두가 테레사 수녀와 같은 사랑과 헌신을 가지고 있었다면 역사는 그녀의 이름을 기억하지 않았을 테니까요.

　「고도를 기다리며」의 위대함은 전혀 지혜롭지도 않고, 이성적이지도 않으며, 합리적이지도 않고, 상식적이지도 않은 바보 같은 두 주인공의 모습이 바로 나의 모습임을 알게 해주었다는 것에 있는지도 모릅니다. 몇 년 전 제자로부터 들었던 이야기를 여러분께 말씀드려도 좋을 것 같습니다. 책에서 읽은 내용이라고 제자로부터 들었습니다만 책 이름은 기억나질 않네요. 히틀러의 나치정권이 판을 치고 있을 때의 이야기입니다. 총을 들고 있는 히틀러의 병사들이 유대인들을 처형하기 위해 그들을 어디론가 끌고 가고 있을 때였습니다. 줄에 묶인 유대인 중 한 사람이 나는 아무런 잘못이 없다고, 단 한 번도 히틀러 정권을 욕한 적도 없고 저항한 적도 없는데, 어째서 나를 죽이려 하는지 그 이유를 모르겠다고, 옆에 있는 유대인을 향해 절박하게 말했다고 합니다. 옆에 있던 유대인은 그를 향해, 당신이 죽는 이유를 아직도 모르겠냐고, 당신이 히틀러 정권을 향해 단 한 번도 욕한 적이 없고 저항한 적도 없다는 것 바로 그것 때문에 당신이 지금 사형장으로 끌려가는 거라고, 단호하게 말했다고 했습니다. 저에겐 소름 끼치도록 공감이 가는 이야기였습니다.

누군가 저에게 "당신은 지혜롭고 이성적인가? 또한 당신은 합리적이고 상식적인가?"라고 묻는다면 저의 대답은 "그렇지 않다"입니다. 저의 생각과 행동 속엔 어리석음이 분명히 존재하기 때문입니다. 이러한 이유로 저는 인간에 대한 분별력을 가지고 있다고 확신할 수 없었습니다.

'어떻게 사람의 마음을 얻을 것인가'에 대한 대답은 인간에 대한 분별력으로부터 출발하는 것일 테니 난감했습니다. 「고도를 기다리며」라는 작품 속에 등장하는 바보 같은 두 주인공 에스트리공과 블라디미르가 애타게 기다렸던 '고도'는 '분별력 있는 나의 모습'인지도 모릅니다. 분별력은 인간의 행복과 불행을 결정하는 가장 중요한 것이라 말할 수도 있으니까요.

"내게 있어 세상은 상식에 대한 도전이다."

벨기에의 초현실주의 화가 르네 마그리트의 유명한 말입니다. 이 말은 다양한 의미로 해석될 수 있을 것 같은데요. 이 말에 대한 저의 생각은 이렇습니다. 르네 마그리트의 '상식에 대한 도전'이라는 말은 단지 상식을 넘어서겠다는 말이 아닐 것입니다. 우리가 상식이라고 생각하는 것들 중엔 상식이 아닌 것들이 많다는 뜻으로 해석해도 좋을 것 같습니다. 실제로 나라마다 다른 상식이 있으니 한 나라의 상식을 인간의 상식이라고 말할 수 있겠습니까?

인간은 옳고 그름에 대한 이성적 판단을 내릴 수 있을까요? 때때로 그렇고 때때로 그렇지 않다고 말할 수 있을 것 같습니다. 자신에게 유익을 주면 옳고, 자신에게 불이익을 주면 그르다고 말하는 것이 보통의 인간입니다. 손익에 따라 휘청거릴 수밖에 없는 인간을 이성적이라고 확신할 수 있겠습니까?

여러분께 다시 한 번 질문드리겠습니다. 인간은 대체로 지혜로우며 이성적인가요? 인간은 대체로 합리적이며 상식적인가요? 여러분은 어떻게 생각하시는지요?

어떻게 사람의 마음을
얻을 것인가?

어떻게 사람의 마음을 얻을 수 있을까요?

 저는 이 질문에 대한 대답을 알고 싶어 오랜 시간을 기다려야 했습니다. 무엇보다도 제 주변 사람들을 통해 가급적 오랫동안 인간을 탐구하는 것이 가장 좋은 방법이란 생각이 들었습니다. 수많은 세월이 지났음에도 독자들의 꾸준한 사랑을 받고 있는 세계의 문학작품들을 읽는 것도 중요했습니다. 문학작품 속엔 각양각색의 성격을 가진 인간들이 나오고 사건과 상황이 나오기 때문에 인간을 탐구할 수 있는 좋은 자료가 되었습니다. 심리학과 인간학 등 여러 분야의 관련 서적도 읽어야 했습니다. 앞에서 말씀 드린 것처럼 사람의 마음을 얻지 못하면 아무것도 얻을 수 없으 니 사람의 마음을 얻는 것이 제게도 참 중요한 문제였지만, 작가 로서 독자들에게 도움이 될 수 있는 글을 써야 한다는 생각도 간 절했습니다. 조급한 마음이 들기도 했고, 풀리지 않을 문제라는 생각이 들었던 적도 있습니다.

사람의 마음을 얻으려면 어떻게 해야 할까요.

상대를 칭찬해준다.
상대가 부끄러워할 만한 것들은 절대로 말하지 않는다.
상대의 말을 최대한 공감해준다.
상대를 충고하지 않는다.
상대의 모습을 있는 그대로 인정한다.
상대에게 친절해야 한다.
상대의 마음을 섬세하게 읽는다.

굳이 덧붙이고 싶다면, 위에 나열한 것들이 노력을 통해 가질 수 있는 '감정의 습관'이라는 점입니다. 하지만 제가 여러분께 말씀드리려는 것은 이런 것이 아닙니다. 제가 여러분께 말씀드리고 싶은 것은 인간의 마음은 무엇으로 이루어졌는지에 대한 이야기입니다. 좀 더 구체적으로 말씀드리면 '인간의 본성'과 '인간의 감정'에 대한 저의 고민을 들려드리고 싶은 것입니다. '인간의 본성'과 '인간의 감정'에 대한 깊이 있는 통찰이 없다면 인간의 마음을 읽을 수도 없고 인간의 마음을 얻을 수도 없을 것입니다.

멧돼지를 잡으려면 멧돼지처럼 생각하라는 말이 있습니다. 멧돼지가 좋아하는 먹이는 무엇인지, 멧돼지가 좋아하는 집터는 어떤 곳인지, 멧돼지가 다니기 좋아하는 길목은 어떤 길목인지, 멧돼지가 무서워하는 것은 무엇인지, 멧돼지가 먹이활동을 하는 시간과 잠자는 시간은 언제인지 등등을 먼저 알아야 한다는 것입니다. 멧돼지 사냥꾼에게 총을 잘 쏘는 것보다 더 중요한 것은 사냥꾼 자신이 멧돼지가 되어 멧돼지처럼 생각하라는 뜻일 것입니다. 아마도 사람의 마음을 얻는 기술은 없을 것 같은데요. 기술 속엔 진심을 담을 수 없기 때문입니다.

어떻게 하면 사람의 마음을 얻을 수 있는지, 그것에 대한 답을 얻고 싶었습니다. '우리가 얻어야 할 사람의 마음'을 열매라고 한다면 그 열매를 얻을 수 있는 뿌리에 대한 이야기를 하고 싶었습니다. 꽃병의 꽃은 보기엔 화려하지만 뿌리가 없으니 기껏해야 며칠을 살아낼 뿐입니다. 하지만 땅 속 깊숙이 뿌리내린 꽃나무들은 악조건 속에서도 꽃을 피워내고 열매를 맺을 수 있습니다. 뿌리만 있다면 적절한 시기에 꽃이 피어나고 열매가 맺히기 때문입니다.

그러나 의미 있는 생각들은 단박에 성큼 오는 것이 아니라, 내 안에서 수많은 질문과 대답을 통해 얻어지는 것이라고 저는 생각했습니다. 또한 그러한 과정을 통해 얻은 깨달음 또한 완전한 것이라 말할 순 없을 것입니다. 제 생각이 틀릴 수도 있다는 것입니다. 인간의 생각이라는 것은 누가 보느냐에 따라 달라질 수도 있고, 삶의 조건이 달라질 때마다 얼마든지 달라질 수도 있기 때문입니다.

제가 무엇을 말하든 저만의 줄거리 속에서 이야기할 수밖에 없습니다. 엄격히 말하면 저만의 줄거리 속에 갇힌 채 말한다는 사실을 인정할 수밖에 없습니다. 나와 다른 사람을 연기해야 하지만 나로부터 출발할 수밖에 없는 배우의 운명과 글쟁이의 운명은 크게 다르지 않습니다. 최대한 객관성을 가져야 하지만 제아무리 엄격한 객관성을 가졌다 해도 주관은 개입될 수밖에 없습니다.

제가 드리는 말씀이 여러분께 도움이 될 수 있기를 바라는 마음뿐입니다. 제가 드리는 말씀이 여러분 가슴에 질문으로 남기를 바라는 마음뿐입니다. 질문을 품고 살아가는 사람들은 삶의 여정 속에서 그 질문에 대한 답을 찾을 수 있을 테니까요.

어떻게 하면
사랑하는 사람의 마음을
얻을 수 있나요?

얼마 전 제자가 저를 찾아왔습니다. 제자가 진지한 표정으로
제게 물었습니다.

"선생님, 저 요즘 여자 친구 생겼어요. 어려운 과정을 거치며
일단은 사귀기로 했는데요. 쉽게 마음을 주지 않아요. 여자 친구
의 마음을 얻으려면 어떻게 하는 게 좋을까요?"

잠시 고민하다가 작업실로 들어가 전에 써놓은 글 한 꼭지를
출력해가지고 나왔습니다. 〈진심의 모습〉이란 제목의 글이었습
니다.

"얼마 전에 쓴 글이거든. 이따가 집에 갈 때 지하철에서 읽어

봐. 혹시 도움이 될지도 모르겠다."

제자는 웃으며 제가 건네준 글을 받았습니다. 제자에게 준 글을 여러분께 소개하겠습니다.

진심의 모습

내가 사는 집에서 멀지 않은 곳에 칼국수집이 새로 생겼습니다. 깔끔한 실내외 인테리어는 주변의 나무들과 조화를 이루었고 주차 공간도 넓었습니다. 칼국수의 양도 넉넉했고 맛도 좋았습니다. 주인은 언제나 환한 얼굴로 손님들을 맞았습니다. 바쁘게 움직이는 종업원들도 주인만큼이나 상냥했습니다. 주방에서 일하는 사람들도 많아 주문한 음식도 빨리 나왔습니다. 어떤 날은 모든 손님에게 음료수를 서비스로 주기도 했습니다. 날이 갈수록 손님들은 많아졌고 종업원 수도 많아졌습니다.

몇 달이 지나자 더 이상 손님을 받을 수 없을 만큼 손님들이 넘쳐났습니다. 대기 번호표를 받고 밖에서 10분이나 20분 정도 기다려야 음식을 먹을 수 있었습니다. 순번을 기다려야 한다는 소문이 퍼지면서 손님들은 더욱 많아졌습니다.

어느 날 그 집에 다시 갔을 때, 이전보다 예민해진 주인의 얼굴을 볼 수 있었습니다. 상냥했던 종업원들의 얼굴도 피곤에 절어 있었습니다. 음식이 늦게 나온다고 짜증내는 손님들도 있었고, 밖에서 기다리는 사람들 때문에 커피 한 잔 편히 마실 시간이 없다고 불평하는 손님들도 있었습니다. 물론 서비스로 주던 음료수도 주지 않았습니다. 시간이 지날수록 이 집을 찾는 손님들이 줄어들었습니다.

그곳과 조금 떨어진 곳에 또 다른 칼국수 집이 생겼습니다. 먼저 생긴 칼국수 집 못지않은 규모와 인테리어를 갖춘 집이었습니다. 처음엔 손님들이 꽤 보였는데 시간이 지날수록 큰 폭으로 손님들은 줄었습니다. 뒤늦게 '개업 기념 반값 할인'이라고 써놓은 광고지를 유리창마다 큼지막하게 붙여놓았지만 소용없는 일이었습니다. 그 집에 직접 가보지 않은 터라 무엇이 문제였는지 정확히 알 수 없었지만, 아마도 음식 맛이 문제였을 가능성이 큽니다. 친절한 음식점보다 맛있는 음식점을 사람들은 더 좋아합니다.

그곳과는 한참 떨어진 곳에 또 다른 칼국수 집이 있었습니다. 적어도 20년의 전통을 가진 집이었지만 간판 어느 곳에도 '원조'라든가, '20년의 전통'이라는 말은 씌어 있지 않았습니다. 앞에서 말한 칼국수 집들과는 달리 메뉴도 칼국수 하나뿐이었습니다. 시설은 허름했지만 언제나 손님들로 북적였습니다. 주인이나 종업원의 모습 속엔 과장된 친절이 없었습니다. 손님들을 대하는 그들의 얼굴은 늘 담담하고 평화로웠으며 음식을 나르는 동작도 느릿느릿했습니다. 배고픈 사람은 절대로 이 집에 오면 안 된다고 우스갯소리를 하는 손님들이 있을 만큼 음식도 느리게 나왔지만, 빨리 달라고 불평하는 사람도 본 적이 없습니다. 손님이 많은 날엔 대기 번호표를 나눠주기도 했습니다. 기다리는 손님들이 있을 땐 커피를 들고 밖으로 나가는 손님들이 많았습니다. 음식점 밖 어디에도 커피 마실 공간은 없는데도 말입니다. 손님들은 끼니때와 상관없이 많았습니다. 일부러 끼니때를 피해 오는 사람들이 많았기 때문입니다. 그렇게 손님이 많은데도 일요일이나 공휴일이면 영업을 하지 않았고 저녁 8시면 영업을 끝냈습니다. 이 집 주인을 볼 때마다 어느 책에선가 읽었던 프랑스 제빵사의 말이 생각났습니다. 빵 만드는 사람이 행복해야 맛있는 빵을 만들 수 있다는 제빵사의 말은 여러 가지 의미로 공감할 수 있는 말이었습니다. 이 칼국수 집에서 일하는 사람들이 맛과 서비스의 항상성을 유지할 수 있는 것도 어쩌면 프랑스 제빵사와 비슷한 주인의 철학에서 나왔는지도 모릅니다. 이 집엔 다른 집과 분명히 다른 한 가지가 있네요. 이 집의 방으로 들어가는 출입구엔 이렇게 적혀 있습니다.

손님의 신발 분실 시 저희가 책임집니다. 손님은 안심하고 맛있게 식사하세요.

근사한 말 아닌가요? 신발까지 살피면서 밥 먹으면 밥맛이 제대로 나겠습니까? 그런데도 거의 모든 음식점엔 '신발 분실 시 절대로 책임지지 않습니다'라고 써 붙여놓았습니다. 물론 이 한마디가 손님의 많고 적음을 결정하진 않을 것입니다. 하지만 이 한마디 속에 담겨 있는 음식점 주인의 철학이 느껴지시는지요?

형식적인 배려와 친절로는 사람들을 감동시킬 수 없는 것 같습니다. 차라리 과장되지 않은 한결같은 모습으로 사람들을 대할 때 우리는 진심을 전할 수 있지 않을까요.

우리가 누군가의 말에 의해 설득되었다면 그것은 그의 말 속에 진심이 있었기 때문일 것입니다. 우리가 누군가의 행동에 감동했다면 그것 또한 그의 행동 속에 진심이 있었기 때문이겠지요. 진심은 호들갑스럽지도 않고 자신의 행보를 계산하지 않습니다. 진심은 한결같은 모습으로 담담히 자신을 보여줄 뿐 소리 내어 자신을 설명하지도 않습니다. 진심은 우리가 보여주고 싶어도 보여줄 수 없지만, 감추고 싶다고 해서 감출 수도 없는 것이겠지요. 진심은 말하지 않아도 이 모습 저 모습으로 반드시 전해질 테니까요.

제가 쓴 글은 여기서 끝납니다. 공감하실 수 있으신지요? 그랬
으면 좋겠습니다.

좋은 연을 만들기 위해서는 좋은 재료도 중요하지만 좋은 바람을
상상할 줄 아는 것이 먼저다.

김경주 시인의 시집 『시차의 눈을 달랜다』에 담겨 있는 아름
다운 시(詩) 「종이로 만든 시차 3」의 일부입니다. 김경주 시인의
말처럼 좋은 연을 만들려면 먼저 좋은 바람에 대한 상상력이 필
요하다고 생각합니다. 좋은 연을 만들기 위해, 연을 만드는 종이
는 무엇으로 할 것인지, 연의 뼈대와 연줄은 무엇으로 할 것인지
도 중요하지만, 좋은 바람에 대한 상상력이 있을 때 비로소 좋은
연을 만들 수 있다는 시인의 말은 의미심장합니다. 사람의 마음
을 얻는 방법 또한 이와 비슷한 것이 아닐까 생각합니다. 사람의
마음을 바라보는 자세와 사람의 마음을 바라보는 풍부한 상상력,
사람의 마음을 세심히 읽어내는 감수성이야말로 사람의 마음을
해석하는 가장 중요한 열쇠가 아닐까 생각합니다.

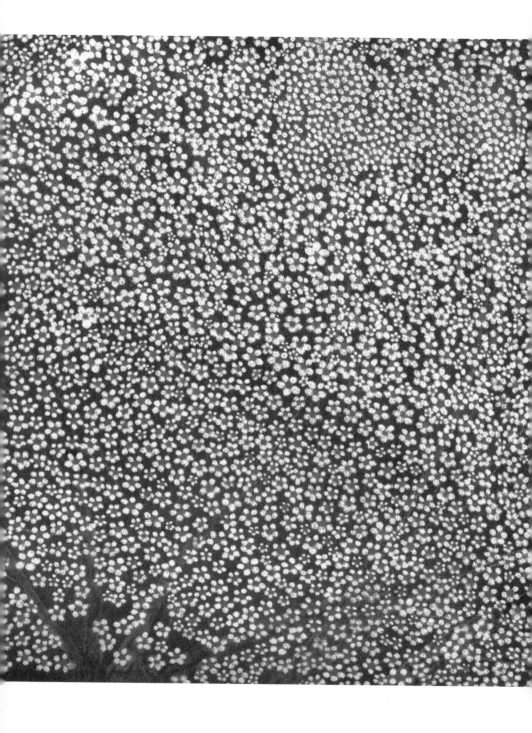

제 방 창문 밖 멀지 않은 곳에 벚나무 여러 그루가 서 있습니다. 봄밤이면 저는 눈부실 만큼 환하게 피어 있는 벚꽃에 마음을 빼앗깁니다. 벚꽃을 바라보고 있으면 밤이 깊어도 잠이 오지 않았습니다. 그럴 때면 집 밖으로 나가 벚나무 아래로 걸어갔습니다. 그때 비로소 수만 송이, 수십만 송이의 벚꽃들의 나지막한 노랫소리가 들려옵니다. 아, 벚꽃은 사람의 마음을 얻기 위해 수만 송이, 수십만 송이의 꽃을 피워내고 있었습니다.

아이가 보낸 편지
—

어느 날, 오래전부터 인연을 맺어온 곳으로부터 편지 한 통을 받았습니다.

작가님, 그간 안녕하셨는지요. 오랜만에 편지드립니다. 그동안 작가님께서 보내주신 사랑으로 지난 가을 또 한 명의 여자아이가 개안(開眼) 수술을 받았습니다. 앞을 보지 못했던 아이가 눈을 뜨던 날 아이는 엄마를 끌어안고 엄마 얼굴을 어루만지며 한참을 슬프게 울었습니다. 옆에 있던 저희들도 모두 울고 말았어요. 아이의 편지와 함께 아이의 사진을 보내드립니다. 오랜 시간 동안

변함없이 보내주시는 사랑에 늘 감사드립니다. 하나님의 사랑이
언제나 함께하시기를 빌겠습니다.

편지와 함께 있던 어린 아이의 사진을 보고 많이 기뻤습니다.
아이는 패랭이꽃처럼 활짝 웃고 있었습니다. 눈물이 차란차란 고
인 것 같은 아이 눈가에 별빛이 환했습니다. 아이가 내게 보낸 편
지엔 이렇게 적혀 있었습니다.

아저씨, 안녕하세요. 저는 열두 살입니다. 아저씨가 도와주셔
서 이제는 엄마 얼굴을 볼 수 있게 됐어요. 더 이상 벽이나 기둥에
부딪치지도 않고 아프지도 않게 되어서 정말 좋아요. 시간은 꽤
많이 걸렸지만 아저씨에게 이렇게 편지도 쓸 수 있게 되었어요.
엄마 얼굴을 볼 수 있다는 것이 이렇게 좋은 건지 몰랐어요. 밤하
늘의 별이 이렇게 아름다운 것인지도 몰랐고요. 아저씨, 고맙습니
다. 저희 엄마도 앞을 못 보세요. 제가 눈을 뜨던 날 엄마 얼굴을
처음 보고 나서 너무나 슬펐어요. 엄마의 이마에는 애벌레 같은
상처들이 많았어요. 저를 업고 다니다가 여기저기 부딪치고 넘어
지면서 다친 상처라고 했어요. 엄마가 하나도 아프지 않다고 해
서 안 아픈 줄로만 알았거든요. 피까지 나온 줄은 정말 몰랐어요.

저는 아무것도 볼 수 없었으니까요. 제가 어른이 되면 돈 많이 벌어서 엄마를 행복하게 해줄 거예요. 아저씨 정말 고맙습니다. 이다음에 커서 훌륭한 사람 되겠습니다.

이소연 올림

편지를 읽고 나서 어린아이의 사진을 한동안 바라보았습니다. 내 얼굴을 타고 내려온 눈물방울이 사진 속 아이 얼굴 위로 떨어졌습니다. 엄마 얼굴을 볼 수 있다는 것이 이렇게 좋은 건지 몰랐다는 아이의 말이 오래도록 가슴 아팠습니다.

오래전, 치유될 수 없는 질병으로 세상과 단절한 채 5년 동안 캄캄한 방에 누워 지냈던 적이 있습니다. 암담했던 그 시간 동안 나는 늘 죽음을 생각했습니다. 길고 긴 시간의 고통이 지나갈 무렵, 나는 나에게 한 가지 약속을 했습니다. 만일 다시 일어나 세상으로 나갈 수만 있다면 나 하나만을 위해 살지 않겠다고 말입니다. 나는 누군가를 위해 내 것을 쉽게 내줄 수 있는 사람이 아니었지만 혹독한 시간은 내게 많은 것을 가르쳐주었습니다. 이소연이라는 어린아이를 만났던 것은 고통을 딛고 일어나 나와의 약속을 지키는 여정 중 하나였습니다.

아이와의 만남을 통해, 진실은 만들어가는 것임을 깨닫게 되었습니다. 크고 작은 세상사를 겪으며 가끔씩 내가 형편없는 사람이라는 생각이 들 때도 있었지만, 그때마다 아이가 보내준 사진과 편지는 내 마음을 위로해주었습니다. 지금 나는, 진실한 사람이 되자는 말을 하고 싶은 것이 아닙니다. 내가 말하고 싶은 것은 '진실'은 선과 악을 거듭하며, 혹은 기쁨과 슬픔을 거듭하며 삶의 여정 속에서 하나씩 하나씩 만들어가는 것이며, '진실' 없이는 다른 사람의 마음속으로 들어갈 수 없다는 것입니다. 어떤 사람이 우리를 감동시키는 것은 그가 가진 타고난 재능이 아니라 가치 있는 것에 대한 그의 태도라고 말했던, 헨리 데이비드 소로의 말도 이와 같은 의미라고 생각합니다. 가치 있는 것에 대한 우리의 태도……. 그것은 분명 누군가에게 감동을 줄 것입니다. 그러니 의심의 여지 없이 생각해볼 만한 가치가 있는 것입니다.

악어의 눈은 별빛을 닮았습니다. 악어는 물가로 나와 밤새도록 별을 바라보는지도 모르겠습니다. 앞에서 말씀드린 어린 여학생의 편지를 받던 날, 그녀가 처음으로 바라보았을 별을 그리고 싶었습니다.

내 삶의 열쇠를 쥐고 있는 것은
나인가, 당신인가?

어느 날이었습니다. 시각장애인 한 분이 저의 집으로 방송 인터뷰를 왔습니다. 눈부시게 환한 웃음을 가진 총각이었습니다. 인터뷰는 거실에서 진행되었습니다. 인터뷰 도중 저는 그에게 이상형을 물었습니다. 그의 이상형은 탤런트였는데, 그녀가 예뻐서 좋아한다고 말했습니다. 저는 의아한 표정을 지으며 그녀의 모습이 희미하게라도 보이는지 조심스럽게 물었습니다. 전혀 보이지 않는다고 그가 말했습니다. 언젠가 그녀의 인터뷰를 들었던 적이 있는데 마음이 참 예쁜 것 같았다고, 그가 웃으며 말했습니다. 그의 말을 듣고 주변에 있던 사람들이 공감 어린 눈빛으로 모두 고개를 끄덕였습니다. 그가 말한 탤런트는 얼굴도 예쁘지만 마음도 예쁘다고 소문난 탤런트였기 때문입니다. 앞을 볼 수 있는 사람들은 눈에 보이는 외모 때문에 진짜로 중요한 것을 보지 못할 때도 많은데 그는 그렇지 않았습니다.

그가 문득 저의 작업실을 가보고 싶다고 했습니다. 작가의 방에 대한 인터뷰를 진행하고 싶었던 것입니다. 앞을 볼 수 없는 그를 안내하려고 저는 그의 손을 잡았습니다. 조금은 겸연쩍은 표정을 지으며 그는 말없이 정중하게 제가 잡은 손을 풀었습니다. 그는 재빠르게 자세를 바꾸어 제 손목 윗부분을 살며시 고쳐 잡고 제 뒤를 따랐습니다. 작업실 인터뷰를 마치고 나올 때도 저는 조금 전 상황을 잊어버리고 또다시 그의 손을 잡았습니다. 그때도 역시 그는 제가 잡은 손을 정중히 풀고는 제 손목 윗부분을 잡고 제 뒤를 따랐습니다.

이런 어긋남이 있었던 것은 시각장애인을 인도하는 보통의 방식을 제가 몰랐던 탓일 수도 있습니다. 아니면 그러한 방식이 그가 선택한 고유한 방식일 수도 있습니다. 어쨌거나 그날 저는 분명히 깨달은 것이 있습니다. 내가 상대의 손을 잡는다고 해서 소통이 시작되는 것이 아니라는 것입니다. 내가 내민 손을 상대가 잡았을 때 비로소 소통이 시작된다는 것이지요. 내가 진심을 다해 손을 내밀었다 해도 상대가 잡지 않으면 소통은 불가능한 것이었습니다. 내 삶의 열쇠를 쥐고 있는 것은 오직 나라는 생각은 어쩌면 오만인지도 모른다는 생각이 들었습니다. 내 삶의 열쇠를 상대가 쥐고 있는 경우도 얼마든지 있기 때문입니다. 상대의 마음을 헤아리는 것은 중요하다고 생각합니다. 상대의 마음을 섬세히 읽어내야 명민하게 상황에 대처해나갈 수 있기 때문입니다. '내가 원하는 것'과 '상대가 원하는 것'이 다를 때가 많기 때문입니다.

같은 맥락에서 세계적인 협상 전문가 스튜어트 다이아몬드 교수의 말은 의미심장합니다. 중요한 협상을 앞두고 사람들 대부분은 자신이 원하는 것을 어떻게 설명할지에 대해 고민한다고, 그래서 협상에 실패하는 경우가 많다고 그는 말합니다. 그는 우리에게 조언합니다. 자신이 원하는 것을 설득력 있게 설명하는 것보다 중요한 것이 있다고, 그것은 상대방이 진짜로 원하는 것이 무엇인지를 먼저 알아내는 것이라고 말입니다. 좀 더 깊이 생각해보면 공감이 가는 말입니다. 내가 원하는 것을 아무리 잘 설명해도 상대방이 원하는 것을 해주지 않는다면 협상은 이루어질 리 없을 테니까요. 상대방이 진짜로 원하는 것이 무엇인지 그 깊은 속내를 알아낼 수 있다면, 내가 원하는 것과 상대방이 원하는 것의 중간(평균점)을 제시할 수 있을 것입니다. 당연히 협상의 성공률도 높아지는 것이겠지요.

이와 같이 상대가 원하는 것이 무엇인지를 알아내는 것이 참으로 중요한 것 같습니다. 일상의 삶은 협상의 연속입니다. 국가와 국가 사이, 기업과 기업 사이뿐 아니라 부모와 자식 사이에도, 친구 사이에도, 연인 사이에도 수많은 협상이 있습니다. "내가 당신을 위해 이것을 해줄 테니, 당신은 나를 위해 이것을 해주세요"라는 말이 모두 협상인 셈이지요. 따지고 보면 삶은 수많은 협상으로 이루어진 것 같습니다. 앞에서 말씀드린 세계적인 협상 전문가의 말에 귀를 기울인다면, 우리는 내가 원하는 것을 장황하게 늘어놓기 전에 상대가 진짜로 원하는 것이 무엇인지를 먼저 알아내야 할 것 같습니다. 그래야 상대로부터 내가 원하는 것을 얻어낼 수 있을 테니까요. 하지만 저를 포함해서 많은 사람들이 협상법을 잘못 알고 있었던 것 같습니다. 협상의 열쇠 또한 내가 아니라 상대가 쥐고 있을 때가 많다는 것입니다. 상대방의 마음을 세심히 읽는다는 것은 이토록 중요합니다.

앞에서 말씀드린 것처럼 사람의 마음을 얻으려면 변화무쌍한 삶의 상황에서 시시각각으로 다가오는 사람들의 마음을 적절히 읽어낼 수 있어야 할 것 같습니다. 하지만 사람의 마음을 읽는다는 것이 단지 굳은 의지나 각오만으로 얻어지는 것이 결코 아닌 것 같습니다. '인간의 본성'과 '인간의 감정'에 대한 깊은 통찰을 가지고 있을 때, 우리는 사람의 마음을 제대로 읽을 수 있을 테니까요. 사람의 마음을 제대로 읽을 수 있을 때 우리는 비로소 사람의 마음을 얻을 수 있지 않을까요.

인간의 마음을 읽는다는 것은 인간의 내면을 이해한다는 것이겠지요. 인간의 마음을 읽는다는 것은 단지 타인의 마음을 알기 위한 것만은 아닌 것 같습니다. 인간의 마음을 읽는다는 것은 아울러 나를 알기 위한 것이기 때문입니다. 나를 이해할 수 있을 때 비로소 타인을 이해할 수 있지 않겠습니까. 나를 사랑할 수 있을 때 비로소 타인을 사랑할 수 있는 것처럼 말입니다.

인간은 누구나 막다른 골목을
가지고 있다

'어떻게 사람의 마음을 얻을 것인가?'

이 물음에 답하는 것은 결코 쉽지 않지만, 이 물음에 대한 답을 얻는 것은 삶의 아주 중요한 문제라고 생각합니다. 사람의 마음을 얻지 못하면 아무것도 얻을 수 없기 때문입니다. 제가 드리는 말씀이 이 물음에 대한 답을 얻는 데 어느 정도 도움이 될지 저는 확신할 수 없습니다. 다만 지금까지 제가 겪었던 녹록하지 않은 삶과 오랜 시간 동안 제가 읽었던 인류의 지성사를 통해 얻은 것들을 여러분에게 말씀드리려고 합니다.

이야기를 시작하기에 앞서 먼저 저의 전작 『못난이만두 이야기』에 실려 있는 「못난이만두 이야기」 편을 들려드리는 것은 전작에 실을 수 없었던 후일담이 있었기 때문입니다. 바로 그 후일담을 '어떻게 사람의 마음을 얻을 것인가?'에 대한 제 이야기의 출발로 삼아도 좋을 것 같기 때문입니다. 먼저 여러분께 「못난이만두 이야기」를 읽어드리겠습니다.

　저녁 무렵, 만두집 문이 다르르 열렸습니다. 꾀죄죄한 차림의 아이가 만두집 안으로 들어왔습니다.

　"오늘은 좀 늦었구나."

　아저씨의 말에 아이는 수줍게 웃었습니다.

　"잠깐만 기다려라. 아저씨가 얼른 만두 따듯하게 데워줄게. 만두는 따끈해야 맛있거든."

　아이는 피멍이 든 얼굴을 숙이고 한쪽 의자에 다소곳이 앉아 있었습니다.

　"그나저나 너희 엄마가 빨리 일어나셔야 할 텐데 걱정이구나. 반년이 넘도록 꼼짝을 못 하시니 말이야."

　아저씨는 혀를 끌끌 차며 김이 모락모락 피어오르는 만두를 봉지에 담았습니다. 아저씨는 따뜻한 눈빛으로 아이를 바라보며 다시 말했습니다.

"오늘은 못난이만두가 10개밖에 안 나왔어. 운이 아주 좋은 날이지. 아무리 조심해도 옆구리 터지는 놈들은 나오기 마련이거든. 기술이 좋아도 어쩔 도리가 없다. 팔 수도 없는 만두를 너라도 맛있게 먹어주니 얼마나 다행이냐."

아저씨는 만두를 봉지에 담아 아이에게 건네주었습니다. 아이는 아저씨를 향해 머리를 숙이며 고맙다고 말했습니다.

"잘 가라. 내일 또 오구. 알았지?"

만두집 아저씨는 문 앞에 서서 아이의 뒷모습이 보이지 않을 때까지 손을 흔들어주었습니다. 만두집 아저씨는 옆구리가 터져 팔 수 없는 못난이만두를 매일매일 아이에게 주었습니다. 아빠를 여의고 병든 엄마와 함께 사는 아이에게 주려고 만두집 아저씨는 매일매일 못난이만두를 만들었습니다. 만두 옆구리를 두 번, 세 번 꼬집어서 못난이만두를 만들었습니다. 만두집 아줌마도 모르게, 아무도 모르게, 매일매일 못난이만두를 만들었습니다.

이야기 속에 나오는 만두집 아저씨는 누가 봐도 따뜻한 마음을 가진 아저씨입니다. 저는 시장 골목에 있는 만두집에 자주 들렀습니다. 단골인 셈이지요. 몇 년 동안 아저씨를 지켜보았지만 아저씨는 마음씨가 착했습니다. 그런데 이 대목에서 여러분께 생뚱맞은 질문 하나를 드리겠습니다.

"아저씨는 누구에게나, 언제든지 따뜻한 사람일까요?"

아닐지도 모릅니다. 누구에게나, 언제든지 따뜻한 사람은 없을지도 모릅니다. 인간은 누구나 막다른 골목을 가지고 있으니까요. 따뜻한 마음은 선과 악의 양극단을 모두 가진 사람만이 가질 수 있다고 합니다. 오직 거짓으로만 일관된 사람은 따뜻한 마음과 거리가 먼 사람이지만, 오직 진실만으로 일관된 사람도 따뜻한 마음과 거리가 있을지도 모른다는 것이지요. 오직 진실만으로 일관된 사람은 없습니다. 설령 있다 해도 자신만의 진실일 가능성이 높습니다. 바로 이 지점에서 우리는 인간을 어떻게 바라볼 것인지에 대한 또 다른 통찰을 얻을 수 있습니다.

어느 날, 방송국 기자로부터 전화를 받았습니다. 만두집 아저씨를 인터뷰하고 싶다는 전화였습니다. 만두집 아저씨를 찾아가 인터뷰에 관해 상의드렸습니다. 만두집 아저씨는 제게 이렇게 말했습니다.

"허물 가득한 제가 무슨 할 말이 있겠습니까."

"아저씨는 따뜻한 마음을 가지셨잖아요."

"제가요? 지나가는 개가 웃겠습니다. 따뜻할 때도 있죠. 아주 가끔씩이요. 저 성질 못됐습니다. 못돼도 아주 못됐죠."

만두집 아저씨의 말에 저는 더 이상 할 말이 없었습니다. 아저씨의 말이 무엇을 뜻하는지 알 것 같았습니다.

때로는 친절하고 때로는 진실하고 때로는 정의로우며 때로는 배려하지만, 항상 친절하고 항상 진실하며 항상 정의롭고 항상 배려하는 사람은 없을 것 같습니다. '인간의 본성'과 '인간의 감정'은 그것을 허락하지 않을 테니까요. 이처럼 인간은 누구나 막다른 골목을 가지고 있습니다. 어떠한 상황에 대해 참을 수 있는 한계가 각각 다를 뿐이지요.

제 안엔 천사와 악마가 함께 살고 있습니다. 제 안에 살고 있는 천사와 악마는 늘 싸우고 있습니다. 천사가 이길 때도 있고 악마가 이길 때도 있습니다. 제 안에 살고 있는 악마를 모조리 몰아낼 수만 있다면 얼마나 좋을까, 생각했던 적이 많습니다. 그렇게 할 수만 있다면 삶의 고통도 없을 것만 같았습니다.

어느 날 저는 제 생각이 틀릴 수 있다는 것을 알았습니다. 내 안

의 악마를 몰아내면 천사도 함께 쫓겨날 수 있다는 색다른 통찰을 책을 통해 만난 후였습니다. 공감되는 말이었습니다. 불가능한 일이겠지만, 내 안에 살고 있는 악마를 모조리 몰아냈다고 가정해보겠습니다. 악마를 모조리 몰아낸 나는 얼마나 교만해질까요. 내 안엔 오직 천사만 살고 있다는 믿음은 자부심과 함께 무지막지한 교만을 내 안에 심어놓을 수도 있습니다. 그러한 이유로, 내 안의 악마를 몰아내면 천사도 함께 쫓겨날 수 있다는 통찰은 설득력이 있습니다.

이웃집에서 엄마와 딸이 다투는 소리가 들려왔습니다. 딸은 울면서 소리를 질러댔습니다. 엄마는 알고 있을까요? 딸이 단지 엄마를 향해서만 소리치는 게 아니라는 것을요. 딸은 엄마에게 소리치는 자신이 밉고 한심해서 자신을 향해서도 소리치고 있는 것입니다. 앞면에 있는 그림의 제목은 '막다른 골목 끝엔 엄마가 서 있었다'입니다. 엄마가 느껴지시는지요?

인간의 행복을
결정하는 것은 무엇인가

사람은 무엇을 위해 사는가?

인류가 오랫동안 품었던 질문입니다. 사람은 행복해지기 위해 살아간다고, 아리스토텔레스는 말했습니다.

어떻게 하면 행복해질 수 있을까?

이 질문 또한 인류가 오랫동안 품었던 질문입니다. 사람은 행복해지기 위해 사는 것인데, 실제로 사람들은 어떻게 하면 행복해질 수 있는지에 대해선 잘 모르는 것 같다고, 아리스토텔레스는 말했습니다. 그가 자신의 아들 니코마코스에게 들려준 '행복론'인 『니코마코스 윤리학』에 따르면 행복해지기 위해서는 우선 극단적인 선택을 피해야 한다고 그는 말했습니다. 중용을 취하라는 것인데, 이때 중용은 극단적인 것의 평균을 의미하는 것이 아니었습니다. 아리스토텔레스가 말한 중용은 가장 적절한 시기에 마땅히 해야 할 말을 하고, 마땅히 취해야 할 행동을 취하는 것을 의미했습니다. 언뜻 생각하면 쉽게 실천할 수 있는 이야기 같지만 그렇지가 않아 보입니다. 우리는 가장 적절한 시기가 언제인지도, 마땅히 해야 할 말이나 행동이 어떤 것인지도 알지 못할 때가 많기 때문입니다.

A라는 사람과 B라는 사람을 설정해놓고 여러분께 질문을 드리겠습니다.

A라는 사람은 상대방의 단점만을 지적합니다. B라는 사람은 상대방의 단점에도 불구하고 그의 장점을 인정해줍니다. A와 B 중 누가 더 인간관계가 좋을까요? 아마도 B일 것입니다. A는 단점만 보려는 사람이니 매사에 냉소적일 테고 인간관계가 좋을 리

없지요. B는 상대방의 단점과 함께 장점을 보려는 사람이니 B가 더 인관관계가 좋을 것이라는 생각은 타당성이 있습니다. 그렇다면 A와 B 중 누가 더 행복할까요? 아마도 인간관계가 좋은 B가 A보다 행복할 것입니다. 인간관계가 좋은 사람은 인간관계가 나쁜 사람보다 당연히 더욱 행복할 것입니다. 인간의 행복을 결정하는 가장 큰 변수는 인간관계이기 때문입니다.

물론 우리 주변엔 도무지 이해할 수 없는 사람들이 있습니다. 오직 자신의 이익만 생각하고 자신의 입장만 생각하는 파렴치한 사람들이지요. 제멋대로 지껄이고 제멋대로 행동하는 그런 사람들을 이해한다는 것은 불가능에 가깝다고도 말할 수 있겠습니다. 그런 사람을 굳이 이해하려고 노력할 필요는 없지 않을까요? 어차피 우리는 모든 사람을 이해할 수 없으니까요. 단지 몇몇 사람과 좋은 관계를 유지한다는 것도 매우 어려운 일임을 우리는 이미 잘 알고 있습니다.

관계의 소중함

    서울대 〈행복연구소〉의 소장 최인철 교수가 제시한 인간의 행복을 결정하는 세 가지 조건은 의미심장합니다.

    첫 번째는 인간은 자신의 능력을 인정받을 때 행복을 느낀다는 것입니다. 열등감은 행복을 빼앗기 때문에 인정받을 때 인간은 비로소 행복을 느낀다는 것은 당연한 말이라 할 수 있겠습니다.

    두 번째는 인간은 자유를 누릴 때 행복을 느낀다고 합니다. 억지로 해야 하는 일은 행복을 빼앗기 때문에 이것 또한 당연한 말이겠지요.

　세 번째는 인간은 주변 사람과 관계가 좋을 때 행복을 느낀다고 합니다. 제 개인적인 생각으로는 세 번째가 가장 중요한 조건이라고 생각됩니다. 왜냐하면 다른 사람에게 자신의 능력을 인정받고 자유를 느낄 수 있다 해도 가족이나 주변 사람과 관계가 나쁘면 그는 결코 행복할 수 없기 때문입니다. 인간의 행복을 결정하는 가장 큰 변수는 돈이라고 말하는 사람들도 있습니다. 하지만 아무리 돈이 많아도 주변 사람들과 관계가 나쁜 사람은 행복할 수 없습니다. 돈이 많은 사람 주변엔 사람들이 모이기도 하겠지만 돈 보고 모인 사람들이 오죽하겠습니까. 사람들과 좋은 관계를 맺으려면 먼저 사람들의 마음을 얻어야 합니다. 사람의 마음을 얻지 못하면 아무것도 얻을 수 없습니다. 훌륭한 의사가 되려면 먼저 환자의 마음을 얻어야 하고, 훌륭한 바리스타가 되려면 먼저 손님의 마음을 얻어야 합니다. 고객의 마음을 얻지 못하면 병원도, 커피집도 모두 문을 닫아야 합니다.

　여러분은 누군가를 위로하기 위해 이런 말을 해본 적이 있으신지요.

"마음 아파하지 마. 너도 최선을 다했잖아. 잘했어. 그만하면 됐어."

여러분은 누군가로부터 이런 말을 들었던 적이 있으신지요.

"더 이상 집착하지 마. 그 사람 마음은 이미 떠났으니까. 집착한다고 달라질 건 없어."

여러분은 사랑하는 사람을 위해 이런 말을 했을지도 모르겠습니다.

"당신이 더 이상 욕심 부리지 않았으면 좋겠어. 욕심 부리다 망한 사람들 많다는 거 당신도 잘 알잖아."

우리는 이런 말을 주고받으며 다른 사람을 위로하기도 하고 조언을 해주기도 합니다. 하지만 정작 이런 말로 나 자신을 위로하지도 못하고, 나 자신을 위해 조언을 해줄 수도 없습니다. 마음 아픈 날, 내가 나를 향해 "마음 아파하지 마. 너도 최선을 다했잖아. 잘했어. 그만하면 됐어"라고 말해주어도 나는 실제로 위로받지 못합니다. 누군가 다가와 이렇게 말해주었을 때 그나마 조금이라도 위로받을 수도 있겠지요. 이것이 인간 대부분의 실제 모습입니다. 타인은 내게 이토록 중요한 역할을 합니다. 그래서 관계가 중요한 것이겠지요.

예배 시간에 목사님으로부터 들은 이야기입니다. 두 사람이 서로 자신의 생각이 옳다고 싸우고 있었답니다. 한 사람은 3 곱하기 9는 27이라고 주장하고 있었고, 또 한 사람은 3 곱하기 9는 28이라고 주장했답니다. 심판관은 그중 한 사람을 데려다 그 벌로 곤장 스무 대를 쳤다고 합니다. 곤장을 맞은 사람은 누구였을까요? 3 곱하기 9는 28이라고, 틀린 주장을 한 사람이 맞았을 거라고 저는 생각했습니다. 그러나 곤장을 맞은 사람은 3 곱하기 9는 27이라고, 올바른 주장을 한 사람입니다. 그렇다면 심판관은 어째서 올바른 주장을 한 사람을 때렸을까요? 이유는 이랬습니다. 똑똑한 놈이 어째서 바보 같은 놈하고 싸우느냐고, 그의 어리석음에 대한 죄를 물었던 것입니다. 물론 이 이야기는 어리석은 사람과 맞서 싸울 필요가 없다는 의미일 것입니다.

사람들과 좋은 관계를 맺는 것은 매우 중요하지만, 아무리 노력해도 좋은 관계를 맺을 수 없는 사람들이 있습니다. 구제불능의 사람들이지요. 실제로 우리 주변엔 도무지 말이 통하지 않는 사람들도 있으니 그런 사람들은 열외로 놓고 저의 이야기를 시작하겠습니다. 어쩌면 내가, 누군가의 구제불능 대상일지도 모르겠네요.

분별력을 결정하는
두 가지 요소

　분별력은 인간이 가지고 있는 위대한 힘 중 하나입니다. 인간의 행복과 불행은 대부분 분별력에 의해 결정된다고 말할 수도 있겠습니다. 당연히 해야 할 일을 하지 않을 때 사람은 행복을 느낄 수 없을 것입니다.

　분별력을 결정하는 중요한 요소는 무엇일까요? 우리가 어떤 점을 갖추었을 때 분별력이 있다고 말할 수 있을까요? 분별력을 결정하는 두 개의 결정적인 지표가 있다고 합니다. 분별력을 갖기 위해 반드시 필요한 두 가지가 있다는 것입니다.

첫 번째는 '인간의 본성'에 대한 깊은 이해를 갖는 것입니다. 두 번째는 '인간의 감정'에 대한 깊은 이해를 갖는 것이고요. 내가 분별력이 있는 사람인지 아닌지를 알아보는 두 가지 지표가 있다는 것입니다. 만일 내가 '인간의 본성'과 '인간의 감정'에 대한 깊은 통찰력을 가지고 있다면, 나는 비교적 분별력이 있다고 생각할 수 있다는 것입니다. 만일 그렇지 않다면 분별력에 대해 더 많은 고민을 해야 한다는 것이고요.

물론 '인간의 본성'이나 '인간의 감정'은 모든 인간이 동일하게 가지고 있는 어떤 것이라 말할 수는 없겠습니다. 삶의 환경이나 조건에 따라 '인간의 본성'과 '인간의 감정'은 어느 정도 차이가 있을 수도 있을 테니까요.

제가 여러분께 말씀드리려는 것은 보편적인 '인간의 본성'과 '인간의 감정'을 의미하는 것입니다. 이것들에 관해서는 이 책 후반부에서 자세히 말씀드리겠습니다.

우리가 원하는 답은
우리가 생각하는 것과
정반대쪽에 있을지도 모른다

    프랑스 소설가 베르나르 베르베르의 『상상력 사전』이라는 책을 읽다가 멋진 글을 만났습니다. '역설적인 간청'이란 제목에 실려 있는 글인데요. 송아지에 대한 이야기입니다.

    옆의 그림에서 볼 수 있는 것처럼 송아지 주인은 송아지를 우리 속에 넣으려고 송아지 목에 매어놓은 고삐를 외양간이 있는 왼쪽으로 당겼습니다. 날이 저물었으니 송아지를 안전한 곳으로 데려가고 싶었는지도 모릅니다. 이유야 어쨌든 철모르는 송아지가 쉽게 끌려올 리 없지요. 송아지가 네 다리를 땅에 박고 완강히 버티는 모습이 보이시는지요? 철모르는 송아지는 고삐를 당기는

주인이 자신에게 해코지를 하는 것으로 생각한 것 같습니다. 그
러니 얼마나 두려웠을까요. 송아지를 외양간에 넣지 못해 쩔쩔매
는 아버지를 바라보고 있던 어린 소년이 아버지를 향해 그것도
못하냐고, 비웃듯이 말했습니다. 아버지는 소년에게 네가 해보라
고 말했습니다. 소년은 아버지가 건네주는 고삐를 넘겨받지 않고
곧바로 송아지 뒤로 갔습니다. 소년은 무슨 짓을 했을까요?

 송아지 뒤로 가서 송아지 엉덩이를 발로 찼을까요. 그럴 리가
없습니다. 깜짝 놀란 송아지가 도망칠 게 뻔하니까요. 그림에서

보시는 것처럼 소년은 슬그머니 송아지 뒤쪽으로 다가갔습니다.
그리고는 송아지 꼬리를 힘껏 오른쪽으로 잡아당겼습니다. 송아
지는 소년이 끄는 쪽으로 순순히 끌려갔을까요? 그럴 리가 없습
니다. 소년이 꼬리를 잡아당길 때 송아지는 두려움을 느꼈을 것이
고, 뒤쪽으로 끌려가지 않으려고 안간힘을 썼을 것입니다. 송아지
는 한 걸음이라도 앞쪽으로 가려고 발버둥쳤을 것입니다. 상상컨
대 소년은 완급을 조절하며 송아지의 꼬리를 잡아당겼다 놓아주
는 방식을 거듭하며 송아지를 외양간 있는 왼쪽으로 한 걸음씩 한
걸음씩 다가가게 했을 것입니다. 송아지가 외양간 안으로 들어갈
때까지 말입니다. 어떻습니까? 참으로 똑똑한 소년이지요? 자라
서 청년이 되면 연애도 잘할 것 같습니다. 밀당이 무엇인지 이미
알고 있으니 말입니다. 한쪽 방향으로 잡아당겨 상대가 끌려오지
않는다면, 반대편 방향으로 잡아당기라는 것이 밀당 아닌가요?

송아지의 예화를 통해 알 수 있는 것처럼, 우리가 원하는 답은 우리가 생각하는 것과 정반대쪽에 있을지도 모릅니다. 마찬가지로 사람의 마음을 얻을 수 있는 분별력에 관해 우리가 원하는 답 또한 우리가 생각하는 것과 정반대쪽에 있을지도 모릅니다.

몇 년 전 일입니다. 곽재구 시인께 감사 메일을 보낸 적이 있습니다. 오래전부터 그의 글을 읽고 많은 것을 배울 수 있었기 때문입니다. 시인은 때마침 인도 여행 중이었습니다. 시인은 인도에서 만난 사람들의 이야기를 몇 편의 글로 써 답 메일로 보내주었습니다. 그 이야기 일부를 여러분께 들려드리고 싶습니다.

인도에도 우리나라와 같은 벼룩시장이 있는 모양입니다. 벼룩시장을 돌아다니던 시인의 눈에 주섬주섬 보따리를 푸는 한 소녀가 들어왔습니다. 아홉 살이나 열 살쯤으로 보이는 소녀가 보따리에서 꺼낸 것은 놀랍게도 종이배였습니다. 여러 색의 종이배엔 그림이 그려져 있었습니다. 소녀는 자신이 만든 종이배를 팔려고 벼룩시장으로 나온 것이었습니다. 시인이 보낸 글을 읽으며 인도에는 종이배를 사는 사람들도 있구나, 생각했습니다. 시인은 떨리는 손으로 종이배 두 개를 고른 뒤 값을 물었다지요. 종이배 값이

얼마였을까요? 10루피였다고 합니다. 10루피면 식당에서 맛있는 음식 한 끼를 먹을 수 있는 돈이라 했으니, 종이배 값이 제법 비싸다고 말할 수도 있겠습니다. 종이배 사는 모습을 신기한 눈빛으로 바라보는 사람들이 있었습니다. 인도에서도 종이배를 사는 사람이 별로 없다는 뜻이겠지요. 따뜻한 감성을 지닌 곽재구 시인이었기에 가능한 일이었습니다. 시인은 망설임 없이 종이배 몇 개를 샀습니다. 시인의 마음은 짠했을 것입니다. 벼룩시장에 서서 종이배를 팔아야 하는 아이는 가난한 집 아이였을 테니까요. 종이배를 파는 소녀 이야기는 곽재구 시인의 산문집 『우리가 사랑한 1초들』을 읽어보시면 더 깊은 감동을 얻을 것입니다. 옆면에 있는 그림은 '장터'를 그린 것입니다. 장터의 풍경이 평화롭다고 말하는 사람들도 있습니다만, 정말 그럴까요? 물건을 팔아야 끼니를 이어갈 수 있는 사람들에겐 장터가 파도치는 바다입니다.

짐작컨대 시인은 종이배를 사고 나서도 멀찍이 서서 종이배를 파는 여자아이를 한참 동안 바라보았을 것 같습니다. 누군가 아이에게 다가가 종이배를 사주기를 마음속으로 바라면서 말입니다. 종이배를 사간 사람은 몇이나 될까요? 그곳이 인도라고 해도 종이배를 사가는 사람은 별로 없었을 것 같습니다. 어쩌면 종이배를 산 사람은 시인 한 명뿐이었는지도 모릅니다. 세상은 우리가 생각하는 것만큼 따뜻하지 않으니까요.

만일 누군가 다가와 종이배를 사는 시인에게 이렇게 말했다고 가정해보겠습니다. 이것은 전적으로 저의 가정입니다.

"만일 당신이 사준 종이배 몇 개 때문에 저 아이가 종이배도 팔리는 물건이라고 착각하면 어떻게 하실 거죠? 당신 같은 손님이 올 가능성은 거의 없을 텐데, 아이가 다음 날도 그다음 날도 종이배를 가지고 벼룩시장으로 나와 생고생을 한다면 어떻게 하실 거죠? 당신이 사준 종이배 몇 개가 저 아이에게 희망이 되어, 저 아이가 밤늦게까지 혹은 앞으로도 며칠 동안 거리에 서서 종이배가 팔리기를 기대하며 헛수고를 한다면 당신이 책임지실 수 있나요? 아이를 진정으로 위한다면 차라리 아이에게 솔직하게 말해주는 게 낫지 않을까요. 종이배를 사는 사람은 없다고, 세상에 네가 만든 종이배를 사가는 사람이 몇이나 있겠냐고 솔직히 말해주어야 합니다. 종이배 같은 건 팔리지 않으니까 차라리 네가 가지고 놀던 장난감 중에 싫증이 나서 더 이상 가지고 놀지 않는 장난감을 가지고 나오라고, 네가 읽은 책들 중에 더 이상 필요 없는 책을 가지고 나오는 게 훨씬 낫다고, 아이에게 솔직히 말해주어야 합니다. 그래야 아이가 헛수고를 하지 않을 테니까요. 세상엔 감성적으로 해결해야 할 문제가 따로 있고 이성적으로 해결해야 할 문제가 따로 있다고 저는 생각합니다."

여러분 생각은 어떠신지요? 시인에게 다가와 자신의 생각을 명확히 이야기해준 사람의 말은 설득력이 있습니다. 벼룩시장에서 종이배를 파는 것보다 장난감이나 책을 파는 것이 더 현명한 선택일 테니까요. 하지만 이 사람은 하나만 생각한 것인지도 모릅니다. 이성적이고 논리적인 것의 중요함을 알고 있으나 인간은 그다지 이성적이지도 않고 논리적이지도 않다고 합니다. 오히려 우리 사는 세상엔 비이성적이고 비논리적인 것들이 넘쳐납니다. 그래서 철학자 장 보드리야르는 "이 세계가 디즈니랜드라는 것을 감추기 위해 디즈니랜드는 존재한다"라고 풍자한 것이겠지요. 세계는 자신의 비정상성을 감추려고 비정상성을 당당히 앞세우고 있습니다. 비정상적인 것들이 지극히 정상적인 것처럼 당당히 세상을 활보하고 있다는 것입니다. 사람들은 말합니다. 세상은 원래 그런 거라고. 삶은 원래 그런 거라고. 인간은 원래 그런 거라고 말입니다. 인간은 때때로 이성적이고 때때로 논리적일 뿐입니다.

종이배를 사준 시인에게 다가온 사람의 확신에 찬 말은 설득력이 있습니다. 그렇게 말해주는 것이 아이에게 실질적인 도움을 줄 수 있기 때문입니다. 당장 돈이 필요한 아이라면 더욱 그렇게 말해주어야 합니다.

　　하지만 더 깊이 생각해보면 그는 중요한 것 하나를 놓쳤는지도 모릅니다. 종이배 같은 건 팔리지 않는다고 굳이 말해주지 않아도 여자아이는 그 사실을 곧 알게 됩니다. 비록 고생은 하겠지만 밤 늦게까지 혹은 며칠 동안 종이배를 팔아보면 종이배가 팔리지 않는다는 것을 아이는 저절로 알게 됩니다. 아이는 쓸쓸한 마음으로 팔지 못한 종이배를 보따리에 담아 집으로 돌아가겠지요. 그렇게 스스로 깨닫는 것도 나쁘지 않을 것 같습니다. 스스로 깨닫는 것이 진짜 깨달음이니까요. 하지만 그것으로 끝이 아닙니다. 아이는 또 다른 깨달음으로 위로받을 수도 있기 때문입니다. 종이배를 팔았던 여자아이는 아무도 거들떠보지 않는 자신에게 다가와 종이배를 사준 눈빛 선한 이방인 아저씨를 생각할 것입니다. 그 아저씨는 아무도 사지 않는 종이배를 왜 샀을까, 여자아이는 생각하겠지요. 아저씨가 자기에게 다가와 종이배를 사간 이유가 바로 '사랑'이었음을 아이는 알게 될 것입니다. 그렇다면 시인은 종이배를 팔러 나온 어린 여자아이의 가슴속에 '긍정의 빛' 한 줄기를 심어준 것입니다. 세상엔 오직 자신만 생각하는 사람들만 있는 것이 아니라는 것, 자신보다 어려운 사람들을 향해 다가오는 마음씨 착한 사람들도 있다는 것은 가난한 아이에게 '희망의 빛'이 되어줄 것입니다. 그것이야말로 종이배 하나로 파도치는 세상을 살아가야 할 그 아이에게 심어주어야 할 믿음이 아닐까요. 장난감이나 책 몇 권과 바꿀 수 있는 몇 푼의 돈과 어찌 비교할 수 있겠습니까.

종이배를 사준 시인은 이성보다 감성이 발달해 있을 것입니다. 시인에게 다가와 아이에게 보다 현실적인 도움을 줄 것을 제안한 사람은 감성보다 이성이 발달한 사람일 것 같고요. 미래학자 다니엘 핑크의 견해에 따르면 좌뇌가 발달한 이성적인 사람은 텍스트(text: 본문 구절)에 매몰되지만, 우뇌가 발달한 감성적인 사람은 콘텍스트(context: 맥락)를 감지하는 능력이 있다고 합니다. 다니엘 핑크의 말을 더 간단히 말씀드리면, 이성적인 사람은 주어진 상황을 전후 사정을 고려하지 않은 채 곧이곧대로 해석한다는 것입니다. 그에 반해 감성적인 사람은 주어진 상황을 곧이곧대로 해석하지 않고 맥락(脈絡), 즉 전후 사정까지 고려해 유연하게 해석해낸다는 것입니다. 여러분도 알고 계시겠지만 '맥락'이라는 말은

'전후 사정'과 같은 말이며, '어떤 일이 서로 연관되어 있는 줄거리'를 의미하는 것입니다.

인간은 누구라도 상황의 지배를 받을 수밖에 없으니 상황의 전후 사정을 고려한다는 것은 중요하다고 생각합니다. 이성적인 사람이 감성에 대해 고민해야 하는 이유겠지요. 지나치게 이성적인 사람은 건조해질 수 있고, 지나치게 감성적인 사람은 감상에 빠질 수 있으니 이성과 감성의 조화로운 균형이 가장 좋다고 말할 수 있겠네요. 좋은 예술작품을 경험하는 것만으로도 감성지수를 올릴 수 있다고 하니 다행입니다.

시인 아저씨가 여자아이에게 주었던 작은 사랑은 바다보다 험난한 삶을 헤치고 나아가야 할 인도의 아이에게 두고두고 '희망의 빛'이 되어줄 것입니다. 아이에게 산 종이배는 지금도 시인의 작업실에 있을 것 같습니다. 커다란 파도를 헤치며 세상을 항해중일 어린 여자아이에 대한 기억을 가슴 깊은 곳에 간직한 채 말입니다.

우리가 원하는 답은 우리가 생각하는 것과 정반대쪽에 있을지도 모릅니다.

깊이 생각하려면
'생각의 도구'가 필요하다

"어떤 방법이 가장 좋을지 다시 한 번 깊이 생각해봐."

대학 시절, 지도 교수님으로부터 들었던 말입니다. 교수님은 제가 스스로의 힘으로 삶의 문제에 대한 해결책을 끌어내길 원했던 것입니다. 여러 날 동안 거듭 생각해보았지만 끝끝내 좋은 생각은 떠오르지 않았습니다.

깊이 생각한다는 것은 무엇일까요? 가급적 오랫동안 많이 생각하는 것이 깊이 생각하는 걸까요? 많이 생각하면 생각할수록 더 좋은 생각이 떠오를 가능성이 많지만, 많이 생각한다고 반드시 좋은 생각이 떠오르는 것은 아닌 것 같습니다. 저의 경우를 보면 오랜 시간 동안 거듭 생각해보아도 도무지 좋은 방법이 떠오르지 않을 때가 많았습니다. 깊이 생각한다는 것은 단지 많이 생각하는 것이 아님을 알게 되었습니다. 깊이 생각한다는 것은 단지 '생각의 횟수'를 의미하는 것이 아니라 '생각의 수단'을 의미하는 것이었습니다. 그러므로 "깊이 생각해보세요"라는 말은 "당신이 가지고 있는 생각의 도구를 최대한 이용해보세요"라는 말이라는 것입니다.

생각한다는 것은 무엇일까요? 생각한다는 것은 내 안에 있는 '생각의 도구'들을 재구성하는 것입니다. 깊이 생각한다는 것은 내 안에 있는 '생각의 도구'들을 재구성해 가장 좋은 방법을 이끌어내는 것입니다. 그러니까 재구성할 수 있는 '생각의 도구'가 많으면 많을수록 더 좋은 아이디어가 나올 것입니다. 내 머릿속에 얼마나 많은 '생각의 도구'를 가지고 있는가, 그것이 문제일 것입니다.

생각의 도구를 얻을 수 있는 가장 좋은 방법은 '경험'일 것입니다. 그러나 제한된 시간과 제한된 공간을 살아갈 수밖에 없는 인간들은 필요한 만큼 많은 것을 경험할 수 없습니다. 하지만 대안이 없는 것은 아닙니다. 직접 경험하는 것만큼의 효과는 없겠지만, 독서를 통한 '간접 경험'도 경험이 될 수 있습니다. 앞집에 도둑이 들었다면 그것을 거울삼아 뒷집도 문단속을 할 테니까요. 독서를 통한 간접 경험도 '생각의 도구'를 얻을 수 있는 좋은 방법이 될 수 있습니다.

높은 곳에 오르려면 사다리가 필요하고 맛있는 피자를 만들려면 오븐이 필요합니다. 맛있는 원두커피를 만들려면 커피 머신이 필요하고 원유에서 석유를 얻으려면 도구가 필요할 것입니다. 마찬가지로 '좋은 아이디어'를 얻으려면 '생각의 도구'가 필요할 것입니다.

'좋은 아이디어'를 줄 수 있는 '생각의 도구' 몇 가지를 여러분께 소개하겠습니다. '생각의 도구'가 어떤 방식으로 '좋은 아이디어'가 될 수 있는지 먼저 설명드려야 할 것 같았습니다. 굳이 많은 지면을 할애해 '생각의 도구'를 네 편씩이나 소개하는 이유는 「생각의 도구 1.2.3.4」가 모두 '어떻게 사람의 마음을 얻을 것인가'라는 질문과 밀접한 관련이 있기 때문입니다.

생각의 도구 1

　동양의 고전 『한비자(韓非子)』의 「세난(說難)」 편에 나오는 이야기입니다. 전설의 동물인 용(龍)은 인간이 길들일 수 있는 동물입니다. 용을 길들이면 사람이 그 위에 올라탈 수 있는데 조심하지 않으면 용에게 죽음을 당한다지요. 중국의 고전 『한비자』에 나오는 이야기를 자세히 설명하면 이렇습니다. 용의 몸엔 비늘이 돋아 있는데 목 아랫부분에 지름이 한 척이나 되는 역린(逆鱗)이란 비늘이 있다고 합니다. 그런데 이곳의 비늘은 다른 비늘과는 달리 거꾸로 돋아 있다고 합니다. 거꾸로 돋아 있는 비늘이라서, 거스를 역(逆) 자에 비늘 린(鱗) 자를 써 역린이라고 이름 붙여진 것입니다.

만일 용 위에 올라탄 자가 용의 역린을 건드리면 용은 머리를 돌려 그를 잡아먹는다고 합니다. 한비라는 사람이 자신의 책에 용(龍)의 비유를 들었던 것은 용이 왕을 상징하기 때문이었습니다. 용은 왜 자신의 역린을 건드린 자를 물어 죽였을까요? 역린은 용이 가장 부끄러워하는 부분이었던 까닭입니다. 자신이 부끄러워하는 부분을 건드렸기 때문에 용은 자기 등 위에 올라탄 자를 물어 죽인 것입니다. 이와 마찬가지로 왕에게도 부끄러워 감추고 싶은 부분, 즉 역린이 있는데, 아무리 충성스런 신하라도 그것을 건드리면 죽음을 면치 못할 수도 있다는 것입니다.

역린은 용이나 왕에게만 있는 것이 아닙니다. 사람은 누구에게나 감추고 싶을 만큼 부끄러운 부분이 있을 테니 역린은 누구에게나 있다고 말할 수도 있겠습니다. 누군가의 마음을 얻고 싶으신지요? 누군가를 설득하고 싶으신지요? 그렇다면, 절대로 그의 역린(부끄러워하는 부분)을 건드려서는 안 된다고, 『한비자』는 우리에게 말하고 있습니다.

명민한 철학자 강신주는 여기에서 한 걸음을 더 나갔습니다. 상대방의 마음을 얻고 싶다면, 그리고 상대방을 설득하고 싶다면, 상대가 부끄러워할 만한 것이 무엇인지를 먼저 읽을 수 있어야 할 뿐만 아니라 상대가 자랑스러워하는 부분이 무엇인지를 먼저 읽고 말해주어야 한다고 말했습니다. 상대방의 마음을 섬세히 읽지 못하고, 섬세히 배려하지 못하면 아무리 논리적으로 말한다 해도 상대를 설득시킬 수 없다고, 그는 말했습니다. 여러분은 어떻게 생각하시는지요?

『한비자』에 나오는 역린의 비유는 상대방이 부끄러워하는 부분을 말해서는 안 된다는 메시지를 주고 있습니다. 굳이 역린의 비유를 모른다 해도 상대방이 부끄러워하는 부분을 말하면 상대방을 설득할 수 없고, 상대방의 마음을 얻을 수도 없다는 것은 누구나 잘 알고 있는 사실입니다. 하지만 '역린(逆鱗)'이란 단어를 알고 있는 사람과 모르고 있는 사람은 실제 삶의 방식이 다를 수도 있습니다. '구명조끼'가 있으면 물에서 안전하다고 생각하는 것과 실제로 '구명조끼'를 가지고 있는 것은 많이 다른 것과 마찬가지겠네요.

『한비자』에 나오는 '역린의 비유'를 마음속에 가지고 있는 사람은 그렇지 않은 사람보다 한 번이라도 더 세심히 다른 사람의 마음을 살필 거라고, 저는 생각합니다. '역린의 비유'를 '생각의 도구'로 가지고 있으니 말을 더욱 조심하겠지요. 한마디 말 때문에 관계를 망가뜨리는 사람들이 생각보다 많습니다. 한마디 말로 누군가를 감동시키는 사람들도 생각보다 많습니다. 여러분은 어느 쪽이신지요?

생각의 도구 2

　봄날이었습니다. 시내의 한 카페에서 지인인 철학자를 만났습니다. 철학자는 나의 상상력을 테스트해보고 싶다고 말하며 재미있는 문제를 냈습니다. 그도 책에서 읽은 것 같았습니다. 철학자가 제게 낸 문제를 여러분께도 말씀드릴 테니 함께 풀어보시죠.

　뚜껑이 없는 그릇에 꿀이 담겨 있습니다. 꿀의 단 냄새를 맡은 개미들이 순식간에 몰려들었습니다. 꿀의 주인은 개미로부터 꿀을 지키기 위해 이리저리 궁리하다가 기발한 아이디어를 떠올렸습니다. 그는 방문 밖으로 나가 세숫대야에 물을 받아가지고 방

안으로 들어왔습니다. 세숫대야에는 손가락 한 마디 정도가 잠길
만큼 물이 차 있었습니다.

주인은 꿀이 담긴 그릇을 세숫대야 중앙에 가져다놓았습니다.
짐작컨대 꿀 주인은 개미를 향해 이렇게 말했을 것 같습니다.

"이놈들아, 내가 이겼지. 너희들은 사람을 이길 수 없어."

꿀 주인의 말을 듣고 개미들이 기죽을 리 없습니다. 개미들은
꿀이 있는 곳으로 가기 위해 일제히 세숫대야를 기어오르기 시작
했습니다. 세숫대야 안쪽까지 기어오른 개미들은 몹시 난감했습
니다. 아주 가까운 곳에 맛있는 꿀이 있었지만 꿀을 먹으려면 꿀
주인이 세숫대야 안에 만들어놓은 강을 건너야 합니다. 안타까운
마음에 앞발을 담가보기도 하고 더듬이를 담가보기도 했지만 개
미들은 도무지 강물을 건너갈 방법이 없었습니다. 개미들은 수영
을 전혀 못하니까요. 어린 시절 종이배에 개미를 실어 시냇물에
띄워본 사람들은 개미가 수영을 전혀 못한다는 것을 압니다. 물
에 빠진 개미는 방향을 못 잡고 이리저리 빙글빙글 돌다가 힘 빠
지면 죽습니다.

꿀 주인의 아이디어가 대단하지 않습니까? 그는 어떻게 그런

아이디어를 떠올렸을까요? 그의 기발한 아이디어가 개미를 이겼습니다. 물 앞에 서서 쩔쩔매는 개미들을 바라보며 꿀 주인은 웃음 지었을 것입니다. 그런데 게임은 아직 끝나지 않았습니다.

개미들은 불가능을 넘어 기어코 꿀이 있는 곳까지 갔습니다. 철학자가 저에게 낸 상상력 테스트는 여기서부터입니다. 개미들은 어떻게 꿀이 있는 곳까지 갔을까요? 여러분도 한번 곰곰이 생각해보십시오. 저는 이 문제의 답을 말하지 못했습니다. 상상력으로 밥을 먹고사는 사람이 상상력의 한계를 인정해야 했으니 난감했습니다. 여러분들 중에 이 문제에 대한 답을 말씀하실 수 있는 분이 있으신지요?

세숫대야 안에서 강을 만난 개미들은 강을 건널 수 없다는 것을 금세 알았습니다. 강물이 개미들을 막았지만 개미들은 포기하지 않았습니다. 개미들은 방향을 돌려 세숫대야를 빠져나왔습니다. 세숫대야를 빠져나온 개미들은 일제히 벽이 있는 곳으로 줄을 지어 걸어가 한 마리씩 두 마리씩 벽을 기어오르기 시작했습니다. 개미들이 어떻게 하려는 것인지 상상이 되시는지요? 천장까지 벽을 기어오른 개미들은 천장을 거꾸로 매달려 걸어가기 시작했습니다. 개미에게 거꾸로 걷는 것은 아무것도 아니니까요. 개미들은 천장의 어느 곳에서 걸음을 멈추었을까요? 개미들이 걸음을 멈춘 곳은 바로, 꿀이 담긴 그릇으로 정확히 다이빙할 수 있는 지점이었습니다. 개미들은 잠시 아래를 보다가 꿀이 담긴 그릇 속으로 일제히 다이빙을 시작했습니다. 개미들의 상상력 정말 대단하지 않나요? 개미들의 상상력에 박수를 보내고 싶었습니다. 철학자의 이야기는 여기서 끝났습니다. 이 이야기가 어느 책에 있는 이야기인지 철학자에게 묻질 못했어요. 물었더라면 여러분께 이야기의 출처를 말씀드릴 수 있었을 텐데요.

꿀 담긴 그릇 속으로 개미들이 다이빙하는 하는 광경을 바라보며 주인의 얼굴은 틀림없이 죽상이 되었을 것입니다. 신기한 광경에 웃었을지도 모르겠네요. 아무튼 개미가 이겼습니다. 꿀이 있는 곳까지 갈 수 있느냐 없느냐의 게임에서 개미가 이긴 것입니다. 개미의 상상력이 꿀 주인의 상상력을 이겼습니다. 그러나 여러분도 예상하신 것처럼, 꿀맛을 보았지만 개미의 삶은 거기까지였습니다. 개미들은 끈적끈적한 꿀의 늪을 빠져나올 수 없었을 테니까요. 결국 이 게임에선 모두가 패자입니다. 개미떼가 빠져 있는 꿀을 먹을 수 없으니 꿀 주인도 패자이고, 꿀에 빠져 죽고 말았으니 개미들 역시 패자입니다.

이 이야기가 우리에게 주는 메시지는 무엇일까요? 뛰는 놈 위에 나는 놈 있다는 메시지일까요? 아닐 것 같습니다. 이렇게 기발한 이야기를 생각해낸 사람이 전해주는 메시지가 그렇게 시시할 리 없습니다. 이 이야기를 통해 제가 느꼈던 메시지는 이렇습니다. 이야기 속에 나오는 개미의 모습과 인간의 모습은 많이 닮아 있습니다. 어떤 면이 닮았을까요? 이야기에 나오는 개미들이 극단적인 선택을 한 것처럼, 인간도 극단적인 선택을 하는 경우가 많습니다. 감정이 격해졌을 때 인간은 대부분 이성적인 선택 대신 극단적인 선택을 합니다. 격해진 감정을 못 이겨 더 좋은 선택의 기회를 놓치고 마는 것입니다. 이처럼 극단적인 선택은 사람을 불행하게 만듭니다. 불행해질 것을 알면서도 극단적인 말이나 극단적인 행동을 하는 것이 인간입니다.

개미는 꿀을 먹기 위해 극단적인 선택을 했습니다. 꿀이 아무리 맛있어 보여도 꿀 속에 빠지면 빠져나올 수 없다는 생각을 했어야 했습니다. 개미는 '빛은 함정이 될 수도 있다'는 것을 경계했어야 했습니다. 악마는 악마의 얼굴로 다가오지 않는다지요.

악마는 천사의 얼굴로 다가온다고 합니다. 악마는 언제나 달콤한 모습으로 다가온다는 것을 개미는 알았어야 했습니다. 아무리 꿀이 탐나도 개미는 극단적인 선택을 하지 말았어야 했습니다. 이것이 개미만의 이야기겠습니까? 사람들이 불행해지는 것도 많은 경우, 극단적인 선택을 하기 때문입니다. 사람들이 불행해지는 것은 빛이 함정이 될 수도 있다는 것을 경계하지 않았기 때문입니다. 빛으로 다가오는 것들을 의심도 없이 욕망하기 때문입니다.

여러분은 지금까지 '꿀 속으로 다이빙하는 개미 이야기'를 들었습니다. 기발한 상상이 담겨 있는 이야기라 여러분에게도 쉽게 잊히지 않을 것 같습니다. 여러분이 '꿀 속으로 다이빙하는 개미 이야기'를 '생각의 도구'로 기억하고 있다면 극단적인 선택을 단 한 번이라도 더 줄일 수 있을 거라고, 저는 생각합니다. 여러분이 '꿀 속으로 다이빙하는 개미 이야기'를 '생각의 도구'로 기억하고 있다면 악마가 파놓은 함정을 한 번이라도 더 피해갈 수 있을 거라고, 저는 생각합니다. 이처럼 '생각의 도구'를 가지고 있을 때 우리는 더 깊이 생각할 수 있습니다. 극단적인 말이나 극단적인 행동으로 다른 사람들과의 관계를 무너뜨리지 않을 수도 있습니다. 뜻하지 않은 상황에서 극단적인 말을 하려는 순간 '꿀 속으로 다이빙한 개미'가 생각날 수도 있을 테니까요. '생각의 도구'는 그렇게 사용되는 것이지요.

생각의 도구 3

여러분도 잘 아시겠지만 중국의 춘추전국시대를 통일한 사상은 법가(法家) 사상입니다. 한비라는 철학자는 법가 사상을 완성시킨 사람입니다. 법가 사상은 그 어떤 사상보다 현실정치를 중요하게 생각했던 사상입니다. 그것이 춘추전국시대를 통일시킬 수 있었던 가장 큰 힘이었습니다.

한비는 누구보다 현실정치를 중요하게 생각했던 사람입니다. 현실을 바라보는 그의 안목은 그의 사상 속에 여실히 담겨 있습니다. 여러분께 『한비자』에 나오는 재밌는 이야기 하나를 들려드리겠습니다.

송나라에 한 농부가 있었습니다. 밭일을 하려고 쟁기를 들고 밭으로 나갔는데 밭 한가운데에 토끼 한 마리가 죽어 있었습니다. 밭 중심부엔 나무를 잘라낸 그루터기 하나가 있었는데 밭을 잽싸게 가로질러 달리던 토끼가 그루터기를 보지 못해 그루터기에 머리를 부딪쳐 죽은 것입니다. 산도 아니고 들판도 아닌 밭에 나무 그루터기가 있을 거라고 토끼는 짐작조차 하지 못했을 것입니다. 농부는 기분이 좋았습니다. 아무런 힘도 들이지 않고 토끼 고기를 거저 얻었으니 횡재한 것입니다. 한껏 신이 난 농부는 그날부터 밭일은 하지 않고 토끼만 기다렸습니다. 농부는 멀찌감치 숨어서 토끼가 밭으로 달려와 나무 그루터기에 부딪치기만 기다렸던 것입니다. 그 후로 농부는 몇 마리의 토끼를 얻을 수 있었을까요? 여러분도 짐작하실 수 있겠죠? 운이 억세게 나쁜 토끼 한 마리가 밭 가운데 있는 나무 그루터기에 머리를 박았을 뿐입니다. 그 후로 그 토끼만큼 운이 없는 토끼는 없었을 것입니다. 참 어리석은 농부입니다. 농부를 비웃는 마을 사람들의 웃음소리가 들리시는지요?

이 이야기가 우리에게 주는 메시지는 무엇일까요? 운이 좋아 한 번 생긴 이득을 계속 기대하고 있는 인간의 욕심을 풍자한 것이라 말할 수도 있겠습니다. 인간에겐 실제로 그와 같은 성향이 있기 때문입니다. 그 사람이 어제도 주었으니 오늘도 내일도 줄 것이라고 믿는 경향이 인간에겐 실제로 있습니다.

한 번 맺은 관계는 오늘도 내일도 당연히 지속될 것이라고 사람들은 굳게 믿기도 합니다. 하지만 하루아침에 마음을 바꾸는 사람들이 있어 예상치 못한 낭패를 경험하는 사람들도 있습니다. 위에서 말씀드린 '농부와 토끼' 이야기가 우리에게 주는 메시지는 분명합니다. 어제 맺은 관계가 오늘도 내일도 아무 문제 없이 지속될 것이라고 착각하지 말라는 것이지요. 아무리 굳게 맺은 인간관계라 해도 살뜰히 보살피지 않으면 관계는 어느 사이 엉성해지기 쉬울 테니까요. 좋은 관계를 지속하고 싶다면 아주 가끔씩이라도 일부러 시간을 내어 커피라도 나눠야 하며, 마음을 가득 담아 안부 문자라도 보내야 합니다. 여러 사람에게 한꺼번에 보내는 성의 없는 문자 말고 오직 그에게만 보내는 정성 가득한 문자여야 함은 당연한 일이겠지요.

한비가 현실정치를 주장했던 철학자였으니 위에서 말씀드린 이야기를 신영복 교수님처럼 좀 더 깊은 의미의 메시지로 해석할 수도 있겠습니다. 어제의 것에 기대지 말고 오늘 새것을 준비하라는 실천적 메시지로 해석할 수도 있다는 것입니다. 설령 현재의 방식이 만족스럽다 해도 그것에 안주하지 말고 새로운 방식을 고민해야 한다는 것입니다. 내게 익숙한 것들만 고집하지 말고 낯선 것을 향해서도 용감하게 나아가라는 것입니다. 앞서가는 기업이나 앞서가는 사람들은 어제의 것에 안주하지 않고 늘 새것을 준비합니다. 앞서가는 기업이나 앞서가는 사람들은 익숙한 것만 고집하지 않고 낯선 것에 과감히 도전합니다.

앞에서 말씀드린 『한비자』의 '농부와 토끼' 이야기를 인간관계의 메시지로 확대해석할 수도 있겠습니다. 만나면 늘 편안함을 느낄 수 있는 사람들만 만나지 말고, 낯설고 불편하더라도 새로운 인간관계의 장으로 용감히 나아가야 한다는 메시지로 해석해도 좋을 것 같습니다. '편안함'을 주는 사람들과의 만남은 편안해서 좋지만 바로 그 '편안함'이 주는 한계도 있습니다. 나를 불편하게 하는 것들이 때로는 내 삶을 변화시킬 수 있는 동력이 될 때도 많기 때문입니다. 나를 불편하게 하는 것들은 '지금의 삶이 최선인가?'라고 내게 늘 질문을 던지기 때문입니다. '가능'과 '불가능'의 경계를 지워버릴 수 있는 도전의 모습은 바로 이런 것이니까요.

낯선 것에 대한 도전이 두려워 익숙한 어제의 것만 고집하는 사람에게 '농부와 토끼' 이야기는 좋은 '생각의 도구'가 될 수 있다고, 저는 생각합니다. 자신을 내성적인 성격이라 규정하고 안으로만 파고드는 사람에게 낯설고 불편하겠지만 때로는 용기를 내어 밖으로 나가야 한다고 아무런 비유도 없이 단순하게 말해주는 것보다 '토끼를 기다리는 어리석은 농부'의 이야기를 함께 들려준다면 더 많은 공감을 줄 수 있을 것입니다. 말은 쉽게 잊어버리지만 이야기는 쉽게 잊어버리지 않습니다. '비유'만큼 좋은 '생각의 도구'는 별로 없는 것 같습니다.

우리가 기억하고 있는 '생각의 도구'는 우리가 중요한 선택을 할 때도, 누군가를 설득해야 할 때도 아주 중요한 역할을 할 것이며, 상황에 맞는 가장 적절한 말과 행동으로 누군가의 마음을 얻어야 할 때도 아주 중요한 역할을 할 것입니다.

제가 사는 동네에 아주 귀여운 꼬마가 있습니다. 초등학교 1학년인 잘생긴 남자아이입니다. 집을 오가다 그 아이를 만날 때마다 저는 이렇게 말했습니다.

"아무리 봐도 너 참 잘생겼다."

"저도 그렇게 생각합니다."

아이는 조금도 망설임 없이 저를 향해 이렇게 대답했습니다. 참 귀엽죠? 아이의 거침없는 말이 재밌어서 아이를 만날 때마다 아이와 저는 늘 똑같은 말을 주고받습니다. 철없어 보이는 아이의 말은 얼마나 아이다운 말입니까?

어느 날, 집 앞 도로에서 그 아이를 다시 만났습니다. 저는 반가운 표정을 지으며 아이에게 다가갔습니다.

"학교 갔다 오니?"

"안녕하세요."

"근데 말이야, 아무리 봐도 너는 참 잘생겼어."

"……."

아이는 여느 때와 달리 아무런 말이 없었습니다. 아이가 이상했습니다. 아이는 저를 보며 수줍은 듯 웃기만 했습니다. 저는 다시 한 번 아이에게 말했습니다.

"아무리 봐도 너는 참 잘생겼어. 너처럼 잘생긴 아이는 없을 거야."

"……저…… 저기…… 고맙습니다."

아이의 대답이 이전과 완전히 달라졌습니다. 아이의 대답이 왜 달라진 것일까요? 짐작할 만한 이유는 있었습니다. 그사이 1년이 지나 아이가 2학년이 되었거든요. 그렇다면 아이가 이전보다 점잖아진 걸까요? 그런 것 같진 않았습니다. 초등학교 2학년 아이가 점잖아지면 얼마나 점잖아지겠습니까. 아이는 그냥 아이일 뿐이지요.

만나지 못한 채 1년이 지나는 동안 아이가 대화법을 배운 것 같았습니다. "너 참 잘생겼다"라고 누군가 칭찬해주면, "저도 그렇게 생각합니다"라고 말하는 것이 아니라고 가르쳐준 사람이 있었던 것 같았습니다. 겸손치 못한 표현은 올바른 대화법이 아니라고 아이에게 가르쳐주었겠지요. 아이의 대화법은 1년 만에 바뀌었습니다. 아이가 변화된 과정을 '사회화'된 것이라고 말할 수도 있겠지만 왠지 씁쓸했습니다. 어린아이가 자신이 원하는 자연스런 방식을 버리고 다른 사람에게 겸손히 보이는 방식을 택했다는 것이 꼭 좋은 것만은 아닐 테니까요. 아이는 자연스러운 '자신의 언어'와 '자신의 이야기'를 버리고 '어른들의 언어'와 '어른들의 이야기'를 취한 것이었습니다. '사회화는 억압의 산물'이란 누군가의 말을 생각하니 마음은 더욱 씁쓸했습니다.

"나는 내 삶의 주인인가?"

여러분은 스스로에게 이런 질문을 던지신 적이 있으신지요? 저는 가끔씩 "나는 내 삶의 주인인가?"라고 저에게 묻습니다. 저의 대답은 거의 대부분 "나는 내 삶의 주인이 아닌 것 같다"였습니다. 그럴 때마다 참담했습니다.

"인간은 타인의 욕망을 욕망한다."

프랑스의 정신분석가 라캉의 말입니다. 라캉의 말을 풀이하면, 인간은 자신이 욕망하는 것을 좇아 사는 것 같지만 실제로는 다른 사람이 욕망하는 것을 좇아 살아간다는 것입니다. 인간은 자신이 원하는 방식대로 살아가는 것이 아니라 다른 사람이 원하는 방식대로 살아갈 때가 많다는 것입니다.

실제로 아이들의 삶을 살펴보면 라캉의 말을 금세 공감할 수 있습니다. 아이들 중에는 부모가 원하는 방식대로 살아가는 아이들이 많습니다. 그렇게 하지 않으면 사랑받을 수 없다는 것을 아이들은 알고 있기 때문입니다. 아이들은 의식적으로 무의식적으로 부모에게 잘 보이려고 애씁니다. 심지어는 아이들의 꿈조차도 부모에 의해 주입된 경우가 많습니다. 그런 아이들은 자신이 원하는 방식대로 사는 것이 아니라 부모가 원하는 방식대로 살고 있는 것입니다. 매우 심각한 문제입니다.

라캉의 말은 아이들에게만 해당되지 않습니다. 아이와 어른 중 눈치를 더 많이 보는 사람은 누구일까요? 언뜻 생각하면 아이들이 눈치를 많이 볼 것 같지만, 실제로 눈치를 많이 보는 건 아이가 아니라 어른입니다. 특수한 환경에 놓인 아이들은 눈치를 많이 보지만 대부분의 아이들은 나중에 욕먹을망정 자신이 원하는 방식대로 행동할 때가 많습니다. 어른들은 분명 자신이 원하는 방식이 있음에도 불구하고 이 사람 저 사람 눈치를 보며 망설이다가 어쩔 수 없이 다른 사람이 원하는 방식을 따르는 경우가 많습니다. 그것을 '배려'라는 근사한 말로 포장하기도 합니다. 하지만 다른 사람이 원하는 방식을 택한 사람이 행복할 리 없지요. '배려'는 기쁜 마음으로 선택하는 것이니, 어쩔 수 없이 선택한 것을 '배려'라고 말할 수도 없습니다.

물론 내가 원하는 방식대로만 살아간다는 것은 불가능한 일입니다. 그리고 내가 원하는 방식대로 살아가는 것이 좋은 것이라 말할 수도 없습니다. 그러나 다른 사람이 원하는 방식대로 살아가는 것은 노예로 살아가는 것이니 단호히 경계해야겠지요.

누군가의 마음을 얻고 싶다면 내가 원하는 방식을 진심을 다해 말할 수 있어야 합니다. 상대방의 마음을 얻고 싶어 자신의 방식을 포기한다면 머지않아 상대방은 나의 주권을 빼앗으려고 할 것입니다. 상대방이 원하는 방식대로 해주면 상대방을 배려하는 것이니 머지않아 그의 마음 얻을 수 있을 것 같지만, 설령 그의 마음을 얻었다 해도 어느 순간 그가 불편해질 수 있습니다. 그를 만나면 늘 그의 방식대로 끌려가야 하니 얼마나 불편하겠습니까? 머지않아 그와 멀어질 가능성이 점점 커지겠지요.

정말로 사랑하는 사람이라면, 정말로 내게 필요한 사람이라면, 그래서 반드시 그의 마음을 얻고 싶다면 더욱더 내가 원하는 방식에 대해서 분명히 말해주어야 한다고 생각합니다. 인간의 본성은 반드시 '자신의 희생'을 기억합니다. 자신의 희생을 기억할 수밖에 없는 인간의 본성은 희생에 대한 보상을 원할 것입니다. 인간의 본성은 아무런 보상도 없이 누군가를 배려하는 것도, 누군가를 위해 희생하는 것도 쉽게 허락하지 않기 때문입니다. 물론 부모의 사랑은 예외라고 말할 수도 있겠습니다. 하지만 부모의 사랑이 전혀 보상을 바라지 않는다고 누가 단정 지어 말할 수 있겠습니까? 차라리 부모의 사랑은 여느 사랑과 다르다고 말하는 편이 좋을 것 같습니다.

"인간은 타인의 욕망을 욕망한다"는 라캉의 통찰을 '생각의 도구'로 가지고 살아가는 사람과 그렇지 않은 사람의 삶은 분명 다를 수도 있다고, 저는 생각합니다. 라캉의 통찰이 마음속에 살아 있다면, 다른 사람이 원하는 방식대로만 끌려가는 자신의 모습이 더 선명히 보일 테니까요. 그때만 정신 차려도 결코 늦지 않을 것입니다. '생각의 도구'는 이토록 중요한 역할을 해줍니다.

"나는 내가 존재하지 않는 곳에서 생각한다. 그러므로 나는 내가 생각하지 않는 곳에서 존재한다."

이 말 또한 라캉의 유명한 말입니다. 얼핏 보면 난해한 말 같지만 그렇지 않습니다. 이 문장을 간단히 풀이하면 "내가 생각한 삶과 내 실제의 삶은 다르다"입니다. 내가 생각했던 방식대로 실제의 삶을 살지 못한다는 것입니다. 복잡한 현대사회에서 자신이 생각했던 방식대로 살아가는 것이 불가능에 가깝다는 것을 간파했기에 라캉은 우리에게 질문을 던진 것입니다. 쉽지 않겠지만 자신이 생각했던 방식대로 살아가라고 라캉은 우리에게 주문한 것입니다. 몸 따로 마음 따로 노는 고양이가 생쥐 한 마리 잡을 수 있겠습니까. 여러분은 지금, 여러분이 생각하는 방식대로 실제의 삶을 살아가고 계신지요?

지금까지 '생각의 도구' 네 가지를 알아보았습니다. 우리가 어떤 중요한 결정을 내릴 때마다 '생각의 도구'는 우리에게 '당신의 선택은 최선인가?' '이렇게 생각해볼 수도 있지 않은가?' '이렇게 행동해볼 수도 있지 않은가?'라고 끊임없이 질문을 던질 것입니다. 우리 가슴 깊은 곳에 '생각의 도구'들을 또렷이 간직하고 있다면 말입니다. 가슴속에 질문을 가지고 있는 사람과 그렇지 않은 사람의 삶은 실제로 다를 수 있습니다. 삶에 대한 질문을 가지고 있다고 해서 반드시 삶에 대한 답을 얻을 수 있는 것은 아니겠지만, 삶에 대한 답을 얻을 수 있는 사람은 삶에 대한 질문을 가지고 있는 사람입니다. 질문도 없는데 답이 주어질 리 없으니까요. "질문을 가지고 있는 사람은 이미 답도 가지고 있다"는 유명한 말은 분명히 맞는 말 같습니다. 여러분의 생각은 어떠신지요?

앞에서도 말씀드렸지만, 굳이 많은 지면을 할애해 '생각의 도구'를 네 개씩이나 소개한 이유는 〈생각의 도구 1.2.3.4〉가 모두 '어떻게 사람의 마음을 얻을 것인가'라는 질문과 밀접한 관련이 있다고 생각했기 때문입니다.

깊이 생각하려면 '생각의 도구'가 필요한 것처럼, 그리고 좋은 아이디어를 얻으려면 '생각의 도구'가 필요한 것처럼, 사람의 마음을 얻을 수 있는 안목과 통찰을 얻으려면 '생각의 도구'가 필요할 것입니다. 지금부터 여러분께 말씀드리는 것들이 누군가의 마음을 얻기 위해 필요한 좋은 '생각의 도구'가 되어줄 수 있기를 간절히 소망합니다.

고전(古典)이 된 것들의
공통점은 무엇인가

여러분께 질문드립니다. 다음 괄호 안에 들어갈 수 있는 적절한 단어는 무엇일까요?

분별력을 가지려면 (   )과 (   )을 깔보지 말아야 한다.

빈칸에 들어갈 수 있는 단어는 한두 가지가 아닐 것입니다. 여러분은 어떤 단어를 넣어보셨는지요? 사람에 따라 빈칸에 넣을 말은 달라지겠지만 제가 빈칸에 넣은 말은 '인간의 본성'과 '인간의 감정'입니다.

정리하면 다음과 같습니다.

분별력을 가지려면 (인간의 본성)과 (인간의 감정)을 깔보지 말아야 한다.

"경험이야말로 가장 믿을 만한 것이라고 말하는 사람들이 있지만 그것은 착각이다"라고 C. S. 루이스는 말했습니다. 분별력을 갖기 위해 경험만큼 소중한 것이 없다고 사람들은 말하지만 그것은 착각이라는 것입니다. 그는 '경험의 오류'를 이야기한 것입니다.

어떤 것을 선택할 때나 미래의 일을 예측할 때, 지난날의 경험은 아주 중요한 역할을 합니다. 하지만 그것이 나 혼자만의 경험일 때는 오히려 낭패를 볼 수도 있지 않을까요? 예를 들면, 누군가가 도박판에서 돈을 모조리 잃었다면 그는 지난날 도박판에서 돈을 땄던 경험이 틀림없이 있을 것입니다. 돈을 땄던 경험 때문에 그는 모조리 돈을 잃은 것입니다. 돈을 땄던 경험이 없었다면 돈을 모조리 잃지는 않았을 테니까요. 한 남자에게 배신당한 상처 때문에 평생 동안 다른 남자에게 마음의 문을 열지 못하는 여자도 있습니다. 다시 시작하면 얼마든지 멋진 남자를 만날 수 있는데도 말입니다. 지난날 상처받은 한 번의 경험이 그녀를 그렇게 만든 것입니다. 이처럼 지난날의 경험 때문에 낭패를 보는 사람들도 있습니다. 경험이 가르쳐준 것들 속엔 잘못된 대답도 얼마든지 있다는 것입니다. 그러니 "경험은 믿을 만한 것이다"라는 말은 다소 문제가 있는 것이지요.

때로는 나의 경험을 내려놓고 여러 사람들의 경험을 들어보는 게 좋을 것 같습니다. 고전(古典) 속엔 수많은 사건과 상황과 사람들이 나옵니다. 인류는 자신이 체험한 값진 경험과 가치와 생각들을 책 속에 기록해놓았습니다. 그러니 고전 작품이 들려주는 말에 귀를 기울이는 것이 제게 더없이 소중한 일이었습니다.

다음에 소개되는 사람이나 작품의 공통점은 무엇일까요?

『장자』
『논어』
이순신

전봉준

『자라투스트라는 이렇게 말했다』

파이돈

『니코마코스 윤리학』

〈티파니에서 아침을〉

「고도를 기다리며」

뮤지컬 〈맘마미아〉

모차르트

고흐의 〈론강의 별밤〉

구스타프 클림트의 〈키스〉

넬슨 만델라

간디

『레미제라블』

　　여러분이 예상하신 것처럼 이것들의 공통점은 고전(古典)입니다. 클래식(classic)이라고도 하지요. 고전은 세대를 초월해 사람들에게 사랑받는 사람 혹은 작품을 말합니다. 그들이 고전이 된 이유는 무엇일까요? 그것만 안다면 우리도 혹은 우리가 만든 작품도 시간이 흘러도 사랑받을 수 있는 고전이 될 수 있을 테니 그 이유를 아는 건 중요한 일입니다.

그들이 고전이 된 공통적인 이유는 인간을 깔보지 않았다는 것입니다. 즉, '인간의 본성'과 '인간의 감정'을 깔보지 않았다는 것입니다. 깔보지 않았다는 말의 의미는 인간의 모든 본성과 감정을 아름답게 보려고 노력했다는 의미가 아닙니다. 인간의 본성과 감정을 꾸밈없이 있는 그대로 밀도 있게 표현함으로써 인간에 대한 올바른 통찰을 제시해주었다는 것입니다.

고전이 된 사람들이나 고전이 된 작품을 만든 작가나 고전 작품 속에 나오는 주인공들은 인간의 한계를 알고 있었습니다. 그들의 공통점은 욕망과 배신과 이기심과 질투와 속물근성을 가진 인간을 깔보지 않았고, 그들에게서 '인간의 가치'와 '인간의 선함'을 발견하려고 힘썼다는 것입니다. 욕망과 배신과 이기심과 질투와 속물근성 같은 것들을 인간이 운명적으로 가질 수밖에 없는 생존의 조건으로 바라본 것이지요. 사소한 감정에도 휘둘릴 수밖에 없는 나약한 존재가 바로 인간임을 고전은 알고 있었던 것입니다.

프랑스 소설가 빅토르 위고의 소설『레미제라블』은 많은 시간이 흘렀음에도 불구하고 대중들의 사랑을 받는 고전이 되었습니다. 방대한 양의 소설『레미제라블』은 영화로 만들어졌을 뿐만 아니라 뮤지컬로도 만들어져 〈오페라의 유령〉, 〈미스 사이공〉, 〈맘마미아〉와 함께 세계 4대 뮤지컬로 손꼽히고 있습니다.『레미제라블』을 고전으로 만든 것은 이 소설이 지니고 있는 인간에 대한 깊은 통찰력입니다. 이미 그 내용을 아시는 분이 있겠지만 이야기 일부를 잠깐 소개하겠습니다.

소설 속 주인공인 장발장은 배고픔 때문에 빵을 훔칩니다. 그는 절도죄로 오랜 시간 동안 감옥살이를 하고 출소합니다. 출소후 마땅히 잠잘 곳이 없었던 장발장은 신앙심 깊은 신부의 도움으로 수도원의 한 거처에서 하룻밤을 머물 수 있었습니다. 다음날 성당을 떠난 장발장이 경찰과 함께 다시 성당에 나타났습니다. 경찰은 장발장이 가지고 있던 은촛대가 성당에서 훔친 것임을 확신하고 그를 성당까지 연행해온 것이었습니다. 장발장이 가지고 있던 은촛대는 누가 보아도 성당에서 미사를 드릴 때 사용하는 은촛대임을 알 수 있었기 때문입니다. 장발장은 자신이 묵었던 수도원에서 다시 은촛대를 훔쳐가지고 나온 것입니다. 자신에게 호의를 베풀었던 신부를 배신하고 말입니다. 경찰은 신부에게 장발장이 가지고 있는 은촛대를 들어 보이며 그것이 성당의 물품이 맞지 않느냐고 확신에 찬 목소리로 물었습니다. 신부는 장발장이 가지고 있던 은촛대가 성당 소유의 은촛대가 확실하다고 대답했습니다. 또다시 감옥으로 끌려가야 하는 장발장의 절망에 가득 찬 눈빛이 느껴지시는지요. 바로 그 순간, 신부의 또 다른 고백으로 기막힌 반전이 일어납니다. 신부는 절도범을 잡아 의기양양해진 경찰을 향해 또렷한 목소리로 말했습니다. 장발장이 가지고 있는 은촛대는 그가 훔친 것이 아니라 자신이 그를 위해 준 것이라고 말입니다. 그 순간 장발장의 눈빛은 어떠하였을까요? 빵을 훔친 죄 값으로 오랜 기간 동안 감옥살이를 했으며, 출옥 후 얼마 지나지 않아 또다시 성당의 은촛대를 훔쳤던 그의 비뚤어진 내면을 향해 날 선 도끼가 날아와 '쩡' 하고 가르는 느낌이었을 것입니다. 그의 일생을 통해 단 한 번도 느껴본 적도 없고, 받아본 적도 없는 인간애가 그의 전부를 휘감았을 것입니다.

신부는 어째서 장발장의 도둑질을 눈감아주었을까요. 물건을 훔치는 것은 중대한 범죄일 수도 있는데 말입니다. 절도죄를 저질러 감옥살이를 한 사람이 또다시 절도죄를 저질렀으니 그를 용서해주면 그가 더 큰 범죄자가 될 수도 있다는 것을 신부가 몰랐을 리 없습니다. 하지만 신부는 알고 있었을 것입니다. 은촛대를 훔친 죄로 장발장이 또다시 감옥살이를 한다 해도 그가 새사람이 될 리 없다는 것을 말입니다. 더 이상 어찌할 수 없는 생(生)의 막다른 골목에 서 있는 장발장의 죄악과 절망을 신부는 분명히 보았던 것입니다. 이미 어둠의 자식이 되어버린 장발장을 빛으로 인도할 수 있는 유일한 방법은 '용서'와 '사랑'이라고, 신부는 생각했던 것 같습니다. 인간의 허물을 사랑으로 감싸주었을 때, 한 인간이 '어둠'에서 '빛'으로 거듭날 수 있다고 신부는 믿었던 것 같습니다. 그래서 경찰에게 거짓말을 한 것이지요. 신부의 선처로 장발장은 또다시 감옥으로 끌려가는 불행을 면할 수 있었습니다. 비록 거짓말을 했지만 신부의 사랑으로 장발장은 다시 태어날 수 있었습니다. 그가 어둠 속을 걸어 나와 당당한 빛의 지도자가 되었으니 말입니다. 신부의 믿음대로 장발장은 사회에 선한 영향력을 끼치는 완전히 다른 사람이 되었습니다.

장발장의 죄를 감싸준 신부의 사랑이 한 인간을 감동시켜 마침내 그를 다른 사람으로 변화시킨 것입니다. 신부는 어쩔 수 없는 인간의 상황을 깔보지 않았고, 그러한 상황에 몰려 있는 인간을 깔보지 않았던 것입니다. 마찬가지로『레미제라블』이란 소설을 통해 '장발장'이라는 인물을 탄생시킨 소설가 빅토르 위고는 가난과 죄악이 넘쳐나는 삶의 조건 속에서 인간은 파멸할 수도 있다는 인간의 한계를 분명히 알고 있었던 사람이었습니다. 도둑질한 죄로 감옥살이를 하고 나서도 또다시 도둑질을 하는 장발장이라는 한 인간을 소설가 빅토르 위고는 멸시하거나 비웃지 않았습니다. 빅토르 위고는 죄악으로 가득 찬 장발장에게서 '인간의 가치'와 '인간의 선함'을 발견하려고 힘썼습니다. 물론 작품 속 주인공 장발장은 보편적 인간을 의미하는 것이겠지요.『레미제라블』을 불멸의 고전으로 만든 것은 바로 이 점이었습니다.

앞에서도 말씀드린 것처럼 고전은 '인간의 본성'과 '인간의 감정'을 꾸밈없이 있는 그대로 밀도 있게 표현함으로써 인간에 대한 올바른 통찰을 제시해줍니다.

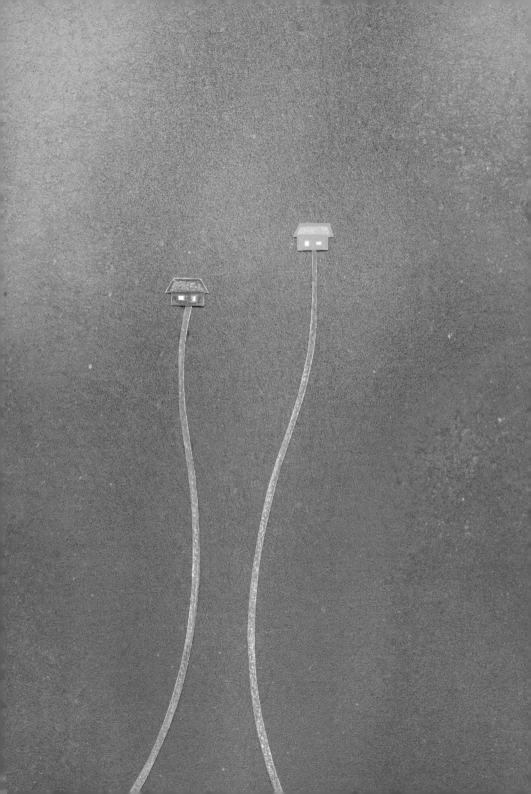

인간의 단점만 볼 것인가,
아니면 장점까지 볼 것인가

여러분은 '까나리'라는 물고기를 아시는지요? 김치 겉절이 담글 때 액젓으로 많이 쓰는 것이 까나리액젓이니 '까나리'라는 말을 많이 들어보셨을 것입니다. 까나리를 잡는 어부는 물범을 가장 싫어한다고 합니다. 어부들이 물범을 싫어하는 이유는 간단합니다. 어부들에게 물범은 쉽게 물리칠 수 없는 경쟁자입니다. 어부와 물범은 바다 속 까나리를 놓고 늘 한판 승부를 벌여야 합니다. 물범이 가장 좋아하는 먹이가 까나리이기 때문입니다.

하지만 어부는 단지 경쟁자라는 이유 때문에 물범을 싫어하는 것은 아닙니다. 어부들이 그물을 이용해 까나리를 잔뜩 잡아놓으면, 물범들이 몰래 다가와 그물 속에 가득 잡혀 있는 까나리를 먹기 위해 그물을 찢어놓기 때문입니다. 그렇다고 어부는 물범을 미워할 수도 없습니다. '미워도 다시 한 번……'이라는 말이 적절하겠네요. 〈미워도 다시 한 번〉은 대한민국의 한 시대를 눈물바다로 만들었던 영화입니다. 어찌 보면 유치한 영화 제목이지만 '미워도 다시 한 번'이란 영화 제목 속엔 인간관계에 대한 깊은 철학이 담겨 있습니다. 누군가와 유익한 관계를 맺고 있는 사람들 대부분은 '미워도 다시 한 번'을 다짐했던 시간이 분명 있었을 것입니다.

어부에게 물범의 존재는 '미워도 다시 한 번'일 수밖에 없습니다. 왜냐하면 옛날부터 어부가 망망대해에서 까나리가 있는 곳을 찾을 때 물범을 지표로 삼는다고 합니다. 물범이 많이 모여 있는 곳엔 거의 틀림없이 까나리도 많이 있기 때문입니다. 바다 속 물고기 떼를 감지하는 어군탐지기가 없었던 시절, 까나리잡이 어부들에게 물범은 피를 나눌 수 있는 동지나 마찬가지였을 것입니다. 그러한 이유로 물범은 까나리잡이 어부들에게 적군이면서 동시에 아군인 셈입니다.

까나리와 어부의 비유를 통해 우리는 생각할 점이 있습니다. 까나리잡이 어부가 마음에 들지 않는 물범을 때때로 품어야 하는 것처럼, 우리도 마음에 들지 않는 누군가를 때때로 품어야 한다는 것입니다. 설령 마음에 들지 않는 사람이라 해도 내게 유익을 줄 수 있기 때문입니다. 때때로 누군가의 단점을 품어야 하는 분명한 이유입니다. 이것에 관해 세상이 정리해놓은 명쾌하고도 깔끔한, 누구나 아는 잠언이 있네요.

"영원한 적도 없고 영원한 친구도 없다."

참으로 섬뜩한 말입니다. 누군가를 향한 믿음을 허물어뜨릴 수도 있는 말이기도 합니다. 이것은 흔해 빠진 이야기일 뿐이라고 그냥 흘려보낼 수 있는 이야기가 아닙니다. '영원한 적도 없고 영원한 친구도 없다'는 식으로 생각하면 삭막해서 세상을 어떻게 살아가느냐고, 간단히 정리해버릴 수 있는 이야기도 아닙니다. 이 말은 '인간관계'를 강조하는 말이 분명하기 때문입니다.

"그런 인간, 안 보면 그만이야!"

종종 우리가 하는 말입니다. 분명한 것은 이런 말을 많이 할수록 우리는 고립될 것이며 불행해질 것입니다. 결국 우리 곁에 남는 사람은 없을 테니까요. 여기서 우리는 중요한 선택을 해야 합니다. 인간의 단점만 볼 것인가 아니면 인간의 장점까지 볼 것인가에 대해서 말입니다. 마찬가지로 나의 단점만 볼 것인가 아니면 나의 장점까지도 볼 것인가에 대한 선택도 결국은 내가 해야 하는 것입니다. 상대방의 단점만 보지 않고 장점까지 보려고 할 때 비로소 우리는 상대방을 진심으로 인정할 수 있고 상대방의 마음도 얻을 수 있습니다. 그리고 나의 단점만 보지 않고 장점까지 보려고 할 때 비로소 나는 나를 인정할 수 있고 나를 사랑할 수도 있습니다.

상대방의 단점은 나의 단점일 때가 많다고 합니다. 내가 분명히 가지고 있는 단점을 우리는 상대에게서 쉽게 발견한다지요. 어이없게도 키 작은 아이들을 놀리는 아이들은 대부분 키 작은 아이들이랍니다. 신기하게도 말입니다.

물질은 인간의 본성과
인간의 감정을
제멋대로 왜곡시킨다

사람들은 입을 모아 세상 살기 좋아졌다고 말하고 있습니다. 아프리카 지역에선 배고픔과 질병과 오염된 물 때문에 헤아릴 수 없이 많은 사람들이 죽어가고 있는데도 말입니다. 7초에 한 명씩 어린아이가 굶주림으로 죽어가고 있는데 세상이 풍요로워졌다고 말할 수 있겠습니까. 배불리 먹고 문화생활도 한껏 누리는 낭만적 사회조차도 불안의 복선을 안고 살아가고 있습니다.

우리의 삶은 과거와 많이 달라졌습니다. 물질적으론 이전보다 풍요로워졌지만 사람들의 절망은 이전보다 깊어졌고, 사람들 간의 불신도 이전보다 깊어졌고, 미래에 대한 불안도 이전보다 깊어졌습니다. 세상은 더 이상 인간의 논리로 인간을 바라보지 않고, 자본의 논리로 인간을 바라보려고 합니다.

많은 사람들이 삶은 물질과의 싸움이라고 힘주어 말하고 있습니다. 타당성 있는 말이지만, 삶은 궁극적으로 정신과의 싸움이라고 말할 수도 있을 것 같습니다. 화려함과 겉치레가 넘쳐나는 세상일수록 소박함과 순수함과 진정성은 더 높이 평가받을 수 있을 테니까요.

삶은 정신과의 싸움이라고, 물질은 정신을 이길 수 없다고 목소리를 높여 말하는 사람도 있을 것입니다. 하지만 그의 확신은 그의 실제와 다를 수도 있습니다. 물질에 끌려다니는 자신의 모습을 보고 어느 날 그는 소스라치게 놀랄 수도 있기 때문입니다.

A라는 사람은 정신보다 물질이 중요하다고 말하는 사람입니다. 반대로 B라는 사람은 물질보다 정신이 중요하다고 말하는 사람입니다. 여러분은 어느 쪽이신지요? A와 B가 같은 액수의 월급을 받는 사람이라고 가정한다면 이 두 사람 중 어떤 사람의 행복지수가 더 높을까요? 어떤 조사에 따르면, 같은 액수의 월급을 받아도 물

질보다 정신이 중요하다고 생각하는 사람들이 행복지수가 더 높다고 합니다. 물질에 대한 집착이 강하면 강할수록 행복지수가 떨어진다는 것은 당연한 일이겠지요. 물질에 대한 욕심은 끝이 없을 테니 말입니다. 30평짜리 아파트가 평생의 꿈이었던 사람이 30평짜리 아파트에서 살게 되면 꿈을 이룬 것인데도, 그는 어느 날부터 50평짜리 아파트를 꿈꿀 수 있습니다. 살아보니 한 가족이 살기엔 30평짜리 아파트가 너무 좁다고 생각한 것입니다. 인간의 마음이 이렇습니다. 물론 예외인 사람도 있을 것입니다. 오죽하면 '큰 기쁨'은 있어도 '긴 기쁨'은 없다는 말이 있겠습니까?

정신과 물질이 싸움을 한다면 정신이 이길까요, 물질이 이길까요?

대답이 결코 쉽지 않은 질문인 것 같습니다. 사람에 따라 아주 간단히 대답하는 사람도 있을 것 같습니다. 이 질문에 대한 저의 대답은, 어떤 날은 정신이 이기고 어떤 날은 물질이 이긴다, 입니다.

오래전, 텔레비전 방송에서 거리를 지나가는 사람들에게 설문조사를 했습니다. 다가오는 새해는 어떤 해가 되기를 바라는가에 대한 설문조사였습니다. 설문조사의 항목에는 여러 가지가 있었는데 그중 하나가 '정신이 물질을 이기는 시대가 되기를 바란다'였습니다. 설문조사의 결과는 압도적이었습니다. 사람들의 마음은 다른 모든 항목을 제치고 '정신이 물질을 이기는 시대가 되기를 바란다'에 몰렸습니다. 이러한 결과는 우리에게 많은 생각을 하게 합니다. 사람들은 왜 이 항목을 그토록 많이 선택했던 것일까요? 설문조사의 결과를 통해 미루어 짐작하건대 대다수의 사람들이 자본의 논리, 즉 돈의 논리로 인해 상처받았던 경험이 있었다는 것을 알 수 있습니다. 자본의 논리가 강성해져 인간의 논리는 아무것도 아닌 것처럼 무참히 짓밟히는 시대를 살아가는 사람들에게 앞서 말씀드린 설문조사의 결과는 당연한 결과일 것입니다. 그렇습니다. 우리는 지금, 돈의 논리가 인간의 논리를 거뜬히 이겨버리는 시대를 살아가고 있습니다.

사회주의 철학자 카르 마르크스는 자본주의가 구조적 모순 때문에 마침내 붕괴되고 말 거라고 공언했지만 자본주의는 붕괴하지 않았고 오히려 사회주의가 몰락하고 말았습니다. 자본주의가 낳은 여러 가지 병폐에도 불구하고, 카르 마르크스의 말처럼 자본주의가 쉽게 붕괴할 것 같지도 않습니다. 하지만 지금도 마르크스의 생각은 진행형이라고 말하는 사람들이 많습니다. 왜냐하면 우리의 삶 속에 생생하게 살아 있는 카르 마르크스의 통찰력 때문입니다. 그의 통찰력 중 하나를 말씀드리겠습니다. 카르 마르크스는 이렇게 말했습니다.

"인간의 생각을 결정하는 것은 물질적 토대다."

무슨 말일까요? 그의 말을 좀 더 쉽게 풀이하면 이렇습니다. 인간의 생각은 그가 얼마만큼의 물질을 가지고 있느냐에 따라 달라질 수 있다는 것입니다. 그가 부자인가 혹은 가난한 사람인가에 따라 모든 것에 대한 해석이 달라질 수 있다는 것입니다. 예를 들어, 가족이 외식할 음식점을 결정할 때도 그가 가지고 있는 물질이 중요한 역할을 한다는 것이지요. 아이에게 크리스마스 선물을 사줄 때도 그가 가지고 있는 물질이 중요한 역할을 한다는 것이지요. 심지어 결혼할 대상을 선택할 때도 상대가 가지고 있는 물질이 중요한 역할을 한다는 것입니다. 그가 부자인가 혹은 가난한가에 따라 사람들의 대접도 달라진다는 것입니다. 돈이 있어야 부모 역할도 제대로 할 수 있는 세상이니, 돈의 위력은 실제로 엄청나다고 할 수 있습니다.

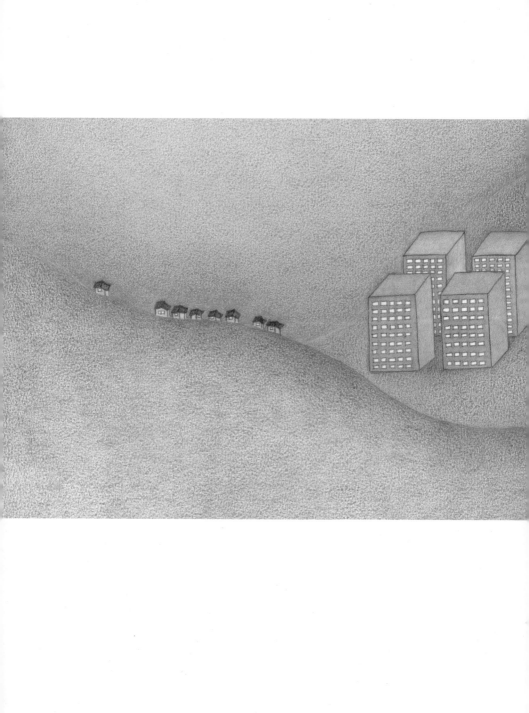

옆에 있는 그림 속엔 두 가지 양식의 집이 있습니다. 한 곳은 아파트입니다. 산 높은 곳에 있는 집들이 전원주택처럼 보이시는지요. 나무 한 그루 없는 전원주택은 없으니 그냥 산동네입니다. 여러분께 묻겠습니다.

둘 중 어느 곳에 살고 싶으신지요?

저는 조금도 망설임 없이 아파트를 선택하겠습니다. 어릴 적에 산동네에서 살아봤거든요. 추운 겨울이 되면 세수하고 머리 감을 물도 불에 데워야 하고, 심지어는 화장실까지 공동으로 사용하는 집도 있으니 불편함이 한두 가지가 아닙니다. 겪어보지 않은 사람은 상상도 할 수 없는 불편함입니다. 그에 비하면 아파트는 얼마나 안락한지요. 간혹 이렇게 말하는 사람들도 있습니다. 아파트의 삶은 비인간적이라고, 흙냄새 한 번 제대로 맡을 수도 없고, 엘리베이터에서 이웃 사람을 만나도 인사도 나누지 않는다고 말입니다. 큰 문제 아니라고 생각합니다. 아파트 엘리베이터에서 이웃 사람을 만나면 내가 먼저 인사하면 되니까요. 내가 인사를 안 하니깐 이웃 사람도 인사를 안 하는 것일 테니까요.

인간의 생각을 결정하는 것은 물질적 토대라고 했던 마르크스의 말을 다시 한 번 생각해보겠습니다. 그 이유는 우리가 지금부터 논의하려고 하는 '인간의 본성'과 '인간의 감정' 속엔 물질의 위력이 상당 부분 작용한다는 것을 인정해야 하기 때문입니다. 물질만능주의는 우리 삶 속에 우리가 생각하는 것보다 훨씬 깊숙이 들어와 있습니다. 인간의 감정은 물질만능주의에 의해 상당 부분 왜곡돼 있는 것이 우리의 현실이기도 합니다. 물질이 인간관계, 심지어는 가족관계까지도 회복될 수 없을 만큼 흔들어놓는다는 것을 우리는 이미 잘 알고 있습니다. 한국의 구제금융(IMF) 기간 동안 얼마나 많은 사람들이 직장을 잃고 헤매었으며, 심지어는 노숙자로 전락하고 말았는지 우리는 기억하고 있습니다. 또한 하루아침에 깨져버린 가정은 또 얼마나 많았는지 우리는 또렷이 기억하고 있습니다.

제가 카르 마르크스의 통찰을 통해 물질에 관한 이야기를 한 것은 지금부터 제가 드리는 모든 말씀이 보이게, 보이지 않게 물질주의와 분명한 관계를 맺고 있다는 말씀을 드리기 위해서였습니다. 자본의 논리, 즉 돈의 논리는 '인간의 본성'과 '인간의 감정'을 교란시키고 왜곡시킵니다. 여러분께 '인간의 본성'과 '인간의 감정'에 대한 말씀을 드리는 중간에 '돈'에 관한 이야기를 드린 이유는 바로 여기에 있습니다. '인간의 본성'과 '인간의 감정'을 최대한 있는 그대로 바라볼 수 있어야 인간의 마음을 제대로 이해할 수 있을 텐데, 어쩔 수 없이 '돈의 논리'가 끼어들어 그 자연스러운 흐름을 방해할 수밖에 없다는 것을 여러분께 미리 말씀드리고 싶었기 때문입니다. '돈의 논리'는 인간의 일상 너무 깊은 곳까지 들어와 있고, 인간은 자신이 살아가는 세상을 닮아갈 수밖에 없으니 슬픈 일 아니겠습니까?

'인간의 감정'과 '인간의 본성'에 대하여

식탐 혹은 밥그릇 싸움

"먹는 것 가지고 싸우지 마! 그게 제일 치사한 거야."

어린 시절 저의 어머니로부터 형과 누나와 제가 제일 많이 들었던 이야기입니다. 먹는 것 가지고 싸우는 것은 정말로 치사한 걸까요? 아닐지도 모릅니다. 먹는 것 가지고 싸우는 것은 인간적인 것인지도 모릅니다. 먹는 것 가지고 싸우는 것은 인간의 본성과 맞닿아 있는 것입니다. 인간은 생명을 유지하기 위해 먹어야 하는 동물이기 때문입니다.

먹을 것이 도처에 널려 있어 굳이 싸우지 않고도 먹을 수 있다면 동물은 싸우지 않습니다. 어린 저희 형제와 누나가 먹을 것 가지고 싸웠던 것도 먹을 것이 충분하지 않았기 때문입니다. 충분치도 않은 먹을거리를 한 개의 바구니나 쟁반에 모두 올려놓고 셋이 서로 사이좋게 나눠 먹으라고 하니, 서로 많이 먹으려고 싸운 것이지요. 설거지할 그릇이 늘어나겠지만 먹을 것을 세 개의 그릇에 공평히 나누어주었다면 음식의 양이 적다 해도 그 정도로 싸우지 않았을 것 같습니다.

도시 사람들의 눈빛은 시골 사람들의 눈빛과 많이 다릅니다. 도시 사람들의 눈빛은 시골 사람들의 눈빛에 비해 불안이 가득하고 사납게 보입니다. 왜 그럴까요? 도시 사람들이 시골 사람들에 비해 심성이 곱지 않기 때문일까요? 그건 아닌 것 같습니다. 도시 사람들의 눈빛이 더 불안해 보이고 사나워 보이는 것은 도시의 먹이경쟁이 시골의 먹이경쟁보다 훨씬 더 치열하기 때문일 것입니다. 인구 밀도가 높은 곳에서 먹이경쟁을 해야 하니 눈빛이 당연히 불안해 보이는 것이지요. 도시의 많은 사람들은 아주 적은 먹을거리를 놓고 서로 치고받고 싸워야 하니 눈빛이 사나워질 수밖에 없는 것입니다.

시내의 도로를 점거하고 농성을 벌이는 사람들을 향해 "저 사람들 지금 밥그릇 싸움 하고 있는 거야"라고 말하며 그들을 조롱하는 사람들은 사회현상을 제대로 해석할 수 없습니다. 왜냐하면 인류의 역사는 전쟁의 역사였고, 전쟁의 역사는 결국 밥그릇 싸움의 역사라고 말할 수 있기 때문입니다.

여러분은 1차 세계대전과 2차 세계대전의 사망자 수를 아시는지요? 1차 세계대전의 사망자 수는 거의 900만 명에 이른다고 합니다. 또한 부상자 수는 2,000만이 넘는다고 하고요. 이토록 많은 희생자를 내고도 사람들은 정신 못 차렸습니다. 왜냐하면 1차 세계대전이 끝난 지 21년 만에 2차 세계대전이 일어났거든요. 2차 세계대전의 사망자 수는 5,200만 명에 이른다고 하니 1차 세계대전의 사망자 수와 비교할 수 없을 만큼 많습니다. 2차 세계대전의 사망자 수가 대한민국 2015년 현재 인구수보다 더 많네요. 어마어마한 숫자입니다. 이를테면 2차 세계대전이 있었던 6년 동안 한 나라의 인구가 통째로 없어진 것입니다. 2차 세계대전의 부상자 수는 사망자 수의 몇 배에 이를 것입니다. 인류는 1, 2차 세계대전 이전에도 끊임없이 전쟁을 했고, 그 후에도 끊임없이 전쟁을 했습니다. 지금도 지구 한쪽에선 크고 작은 전쟁을 하고 있습니다. 유사 이래 지구는 단 한 번도 전쟁을 멈춘 적이 없습니다.

아이슈타인이 이렇게 말했다지요.

"만약에 3차 세계대전이 일어난다면 어떤 가공할 무기가 사용될지 나는 모른다. 하지만 그다음 전쟁에서 인류가 무엇을 가지고 싸울지 나는 확신할 수 있다. 그다음 전쟁에서 인류는 틀림없이 돌을 가지고 싸울 것이다."

아인슈타인의 말이 의미심장합니다. 만일 3차 세계대전이 일어난다면 인류는 다시 석기시대로 돌아갈 수 있다는 말입니다. 3차 세계대전은 인류가 오랜 시간 동안 목숨 걸고 얻어낸 문명을 모조리 전쟁의 잿더미로 만들 것이라는 말입니다. 심지어는 무시무시한 무기까지도 잿더미가 될 거라는 뜻이지요. 운이 좋아 겨우 살아남은 소수의 사람들도 문명 이전의 석기시대로 돌아가 돌을 가지고 싸울 거라는 아인슈타인의 말은 섬뜩합니다. 그렇다면 다시 석기시대로 돌아간 소수의 사람들은 싸우지 않을까요? 그들은 돌을 가지고 싸울 거라고 아인슈타인은 예언했네요. 그들 또한 밥그릇 싸움을 할 거라고, 아인슈타인은 생각한 것 같습니다. 여러분은 어떻게 생각하시는지요?

질투

'질투'는 나쁜 거라고 사람들은 말합니다. 질투는 정말 나쁜 걸까요? 질투는 단지 다른 사람이 잘되는 것을 배 아파하는 것일까요? 아닐지도 모릅니다. '질투'는 피할 수 없는 인간의 감정 중 하나이기 때문입니다. 치열한 생존경쟁을 해야 하는 인간의 운명은 가진 자와 가지지 못한 자를 만들어놓았고, 이룬 자와 이루지 못한 자를 만들어놓았습니다.

인간의 질투를 이해할 수 없다면 인간을 이해할 수 있겠습니까? 인간의 질투를 이해할 수 있을 때 인간을 이해할 수 있고, 인간의 질투를 이해할 수 있어야 분별력도 가질 수 있지 않을까요? 질투는 인간의 감정 중 하나이기 때문에 함부로 무시해서는 안 될 것 같습니다.

나도 갖고 싶은 것을 친구는 가졌는데 나는 갖지 못했을 때, 마음 찢어지는 건 당연한 것 아닐까요. 나도 교사가 되고 싶었는데 나는 임용시험에 떨어지고 친구만 합격되었다면 얼마나 가슴 아프겠습니까. 비록 나는 교사 임용고시에 떨어졌지만 합격한 친구를 진심으로 축하해주어야 하는 일이 쉽지 않은 것이 인간입니다. 전화기 저편에서 들려오는 합격한 친구가 내게 무심코 한 말이 마치 나를 무시하는 말처럼 들릴 수도 있습니다. 자격지심이 발동하는 것이겠지요. 실제로 친구의 아픔을 제대로 헤아리지 못하고 자신의 합격을 슬며시 으스대는 사람도 얼마든지 있을 것입니다.

교사 임용고시에 대한 이야기는 제 후배들의 이야기입니다. 말씀드린 것처럼 한 친구는 교사 임용고시에 합격했고 한 친구는 떨어졌습니다. 합격한 친구는 날아갈 듯 기뻐했지만 떨어진 친구는 절망에 빠지고 말았습니다. 두 사람은 같은 학교 같은 과 동기였습니다. 시험에 떨어진 친구가 시험에 합격한 친구를 질투하는 모습이 저의 눈에도 역력히 보였습니다. 시험에 합격한 친구는 시험에 떨어진 친구를 위로하고 싶어 여러 번 만남을 시도했다고 했습니다. 하지만 시험에 떨어진 친구는 진심으로 위로하려는 친구를 만나려고 하지 않았습니다. 결국 둘 사이는 멀어졌습니다. 그리고 어느 날, 시험에 합격한 친구가 떨어진 친구에게 전화를 걸었습니다.

"정말 이런 말까진 안 하려고 했는데 더 이상 참을 수 없었다. 친구를 질투하냐? 너는 친구도 아냐."

그는 친구를 향해 단호하게 말했다고 했습니다. 여러분들 중엔 그가 그럴 만하다고 생각하는 분들도 있을 것입니다. 그들의 오랜 우정을 생각한다면, 자신의 불합격이 창피하고 마음 아프다 해도 진심을 다해 축하해주진 못할망정 합격한 친구를 질투하지 말아야 했습니다. 시험에 떨어진 후배를 통해 나중에 들은 이야기는 이랬습니다. 합격한 친구를 축하해주고 싶었지만, 진심으로 축하해줄 수 없을 것 같아 만나지 않았다고, 시간이 지나 진심을 다해 축하해줄 수 있을 때 합격한 친구를 만나고 싶었다고, 그는 말했습니다. 어떻습니까? 그의 심정을 이해하실 수 있겠는지요?

"친구를 질투하냐? 너는 친구도 아냐"라고 말했던 후배는 오랜 친구 하나를 잃고 말았습니다. 그가 '질투'라는 인간의 감정을 깔보았기 때문일 것입니다. 그런 문제가 생겼을 당시 저의 생각을 말씀드리면 이렇습니다. 합격한 친구를 질투하는 후배의 모습이 저도 솔직히 마음에 들지 않았습니다. 비록 자신은 떨어졌다 해도 합격한 친구를 진심으로 축하해주는 것이 더욱 인간적인 모습이라고 생각했기 때문입니다. 하지만 훗날 시험에 떨어진 후배의 이야기를 들었을 때 제 생각이 틀렸다는 것을 알았습니다. 시험에 떨어진 친구는 얼마나 마음이 아팠을까요. 친한 친구는 합격했는데 자신은 떨어졌으니 질투가 나는 것은 당연한 일일지도 모릅니다. 그때의 상황을 다시금 되돌릴 수만 있다면 "친구를 질투하냐. 너는 친구도 아냐"라고 말했던 후배에게 이렇게 말했을 것입니다.

"열심히 준비했는데 시험에 떨어졌으니 마음이 많이 아플 거야. 친한 친구는 합격했는데 자신은 떨어졌으니 더 마음이 아팠을지도 몰라. 자신이 더 한심해 보였을지도 모르고……. 친구에게 야속한 마음이 들어도 마음이 풀릴 때까지 기다리는 게 좋겠다. 아니면 걔네 집으로 네가 찾아가서 어떤 위로도 하지 말고 술 한 잔 따라줘. 함께 준비한 시험인데 나만 합격해서 미안하다고, 진심을 다해 말해도 좋을 것 같고……."

분별력이 부족했던 저는 그렇게 말해주지 못했습니다. 선배이니 마땅히 그렇게 말해주었어야 했습니다. 그들이 더 오랫동안 친한 친구로 살아갈 수 있도록 말입니다.

'안토니오 살리에리'라는 음악가를 아시는지요? 모차르트가 살고 있던 시대에 궁정악장을 지낼 만큼 훌륭한 음악적 재능을 지닌 사람이었습니다. 그는 억세게 운이 없었습니다. 그가 살던 도시에 그보다 나이가 어린 모차르트라는 천재가 살고 있었습니다. 살리에리의 음악적 재능은 천재 모차르트의 그늘에 가려져 언제나 빛을 발할 수 없었습니다. 모두들 모차르트에게만 박수를 보낼 때 살리에리는 얼마나 슬펐을까요. 모차르트가 없었다면 자신의 음악적 재능이 빛을 발했을 테니 살리에리는 모차르트를 미워하고 질투할 수밖에 없었습니다. 살리에리는 차라리 모차르트가 없어지기를 바랐을 것입니다. 여러분이나 제가 살리에리였다면 우리는 어떤 심정이었을까요. 모차르트를 질투하는 대신 천재 모차르트를 통해 무언가를 배우고 싶어 했을까요. 아닐 수도 있습니다. 실제의 살리에리보다 모차르트를 더 미워했을지도 모릅니다. 천재를 만나고 싶다면 모차르트를 만나면 되고, 인간을 만나고 싶다면 모차르트 대신 살리에리를 만나는 편이 나을 것입니다. 모차르트를 질투하는 살리에리의 모습은 차라리 인간적으로 보입니다. 자신의 재능을 무색하게 만든 모차르트는 질투의 대상이 맞습니다. 니체의 표현을 빌려 말하자면 살리에리는 인간적인, 너무나 인간적인 사람이었습니다. 모차르트가 주인공인 영화 〈아마데우스〉에 나오는 살리에리의 고백은 의미심장합니다. 살리에리는 십자가 앞에서 무참한 표정을 지으며 이렇게 고백합니다.

"하나님, 저에게 음악에 대한 열정을 주셨으면 음악에 대한 재능도 주셨어야죠."

모차르트에 대한 열등감으로 가슴 아팠던 살리에리는 십자가 앞에 서서 하나님을 원망하고 있었습니다.

"다른 사람에게서 자신보다 더 나은 점을 발견하기 전까지는 자신이 어떤 진보도 이루었다고 생각하지 마라."

오래전 토마스 아 켐피스의 『그리스도를 본받아』에서 읽은 글입니다. 누군가를 향한 질투로 제 마음이 어지러울 때마다 저는 이 말을 생각했습니다. 제가 이 말을 통해 위로받을 수 있었던 것은 왜였을까요?

배신과 변덕

　'배신'이란 단어는 부정적 의미를 주는 단어입니다. 많은 사람들이 '배신'의 경험을 가지고 있을 것입니다. 배신의 경험이라면 배신을 당했거나 배신을 했거나 둘 중 하나겠지요. 신기하게도 배신의 역설은 배신할 것 같지 않은 사람이 배신한다는 것입니다. 그것도 가장 배신할 것 같지 않은 사람이 배신한다는 것입니다. 물론 배신 같은 것은 절대로 하지 않는 사람들도 얼마든지 있을 것입니다.

　사람들은 때때로 누군가를 향해 "내가 다른 사람은 믿지 않아도 너만은 믿을 수 있다"고 말합니다. 하지만 아무리 믿음이 가는 사람이라고 해도 쉽게 해서는 안 되는 말인 것 같습니다. 왜냐하면 정말로 믿을 만한 사람도 나를 배신할 수 있기 때문입니다. 앞에서 말씀드린 것처럼 가장 믿을 만한 사람이 나를 배신할 수도 있습니다. 바로 내 앞에서 머리를 조아리며 서 있는 사람이 언젠가 나를 배신할 수도 있습니다. 적은 내 앞이 아니라 내 뒤에 있음을 직감해야 합니다. 적은 내 앞쪽보다 뒤쪽을 더 좋아하기 때문입니다.

예수가 예루살렘에 입성할 때, 구세주가 오셨다고 수많은 군중들은 열광하며 예수를 환영했습니다. 예수를 환영하는 무리들 중에는 종려나무 가지를 흔드는 사람들도 있었고, 기쁨에 겨워 눈물을 글썽이는 사람들도 있었습니다. 어떤 이들은 자신이 입고 있던 외투를 벗어 예수가 걸어갈 길 위에 깔아놓으며 메시아에 대한 경의를 표하기도 했습니다. 물론 조금은 떨어진 곳에서 불신과 멸시의 눈빛으로 예수를 바라보았던 사람들도 많았겠지요.

그 후 예수가 간악한 자들의 모함을 받아 억울한 죄명을 쓰고 십자가를 등에 지고 골고다 언덕을 향할 때, 예수를 향해 욕을 하고 예수 얼굴에 침을 뱉었던 자들이 있었습니다. 그들은 누구였을까요? 예수가 예루살렘에 입성할 때, 예수를 향해 불신과 멸시의 눈빛을 보냈던 사람들일까요? 그들만이 아닙니다. 예수를 향해 욕을 하고 침을 뱉었던 사람들은 바로 예수가 예루살렘에 입성할 때 종려나무 가지를 흔들며 예수를 환영했던 사람들이었고, 자신의 외투를 벗어 예수가 걸어갈 길 위에 깔아놓으며 경의를 표했던 바로 그 사람들이었습니다.

제임스 앙소르라는 벨기에 화가를 아시는지요? 그가 그린 걸작 중 〈브뤼셀에 입성하는 예수〉라는 작품이 있습니다. 그림 속엔 셀 수 없을 만큼 많은 사람들이 등장합니다. 예수의 브뤼셀 입성을 환영하는 인파인 듯합니다. 이상한 것은 그곳에 모여 있는 사람들의 표정입니다. 누군가를 환영하는 사람들이라고 보기엔 지나치게 무덤덤한 표정입니다. 저마다의 이익과 구호에 따라 예수를 이용하는 사람들처럼 보입니다. 마치 가면무도회에 참석한 사람들처럼 보이기도 합니다. 더욱 이상한 것은 주인공인 예수의 존재감입니다. 한참을 찾아야 찾을 수 있는 곳에, 그것도 다른 사람들에 비해 흐릿한 형상과 색상으로 존재감 없이 겨우, 그려져 있을 뿐입니다. 오래전 제임스 앙소르의 그림을 보았을 때 두 가지 생각이 들었습니다.

첫 번째는 예수가 나귀를 타고 예수살렘에 입성할 때, 메시아가 오셨다고 열렬히 그를 환영했던 사람들의 속마음에 대한 생각이었습니다. 그들은 예수를 향해 박수와 환호를 보냈던 것이 아니라, 자신들을 향해 박수와 환호를 보냈던 것인지도 모릅니다. 그들 대부분은 자신의 이익과 신념과 구호를 지지해줄 상징으로 예수를 이용하고 싶었던 것인지도 모릅니다. 예수를 환영했던 사람들 대부분이 로마의 지배에 시달렸던 민중들이었기 때문입니다.

제임스 앙소르의 그림을 보고 가졌던 두 번째 생각은, 예수는 소리 없이 온다는 거였습니다. 대중의 열렬한 지지를 받으며 오지 않고, 아무도 모르게 온다는 거였습니다. 있는 듯 없는 듯 인파 속에 섞여 있는 예수의 모습이야말로 가장 감동적인 예수의 모습일지도 모른다는 생각이 들었던 것입니다. 예수는 그렇게 올 테니까요. 떠들썩한 예수보다 고요 속의 예수가 더 감동을 주는 이유이기도 합니다.

제임스 앙소르의 그림을 이야기하다 잠깐 샛길로 나갔네요. 앞서 말씀드린 '배신'에 관한 이야기를 조금 더 하겠습니다. 인간은 누구나 배신할 수 있다는 것은 역사가 가르쳐준 진실입니다. 인간의 역사를 되돌아보면 배신의 역사로 가득합니다. 왜 사람은 사람을 배신할까요? 인간은 감정의 동물이고 인간의 감정은 변할 수 있기 때문입니다. 또한 인간은 상황의 지배를 받는 동물이기 때문에 자신에게 불리한 조건이 닥쳤을 때 살아남기 위해 상대를 배신할 수도 있다는 것이지요. 이처럼 인간의 감정은 삶의 조건과 상황에 따라 수도 없이 변화됩니다.

누군가로부터 배신당해 본 적이 있는지요. 혹은 누군가를 배신해본 적이 있는지요. '배신한 것'과 '배신당한 것' 중 어떤 것이 더 큰 상처로 남을까요? 저는 누군가를 배신해본 적도 있고 배신을 당해본 적도 있습니다. 누군가로부터 배신당한 상처는 오랜 시간 속에서 아물기도 했는데 누군가를 배신한 상처는 쉽게 아물지 않았습니다. 살아가다 보면 자신의 모습이 때때로 자랑스러울 때도 있잖아요. 그런데 그때마다 누군가를 배신했던 상처는 제 마음에 찬물을 끼얹었습니다. 그때의 기억은 지워지지 않고 생생히 살아남아 제 마음을 불편하게 했습니다. 배신당한 상처보다 배신한 상처가 더 깊은 상처임을 알았습니다.

같은 맥락의 다른 이야기 하나를 더 말씀드리겠습니다.

세상이 가장 원하는 사람은 어떤 사람일까요? 항상 예의 바르며 절대로 실수 같은 건 하지 않는 분별력 있는 사람일까요? 거짓말은 절대로 하지 않고, 항상 양심에 따라 살아가는 진실한 사람일까요? 항상 소신에 따라 행동하며 변덕스럽지 않고, 절대로 배신 같은 거 하지 않는 의리 있는 사람일까요? 아닐지도 모릅니다. 세상이 가장 원하는 사람은 그처럼 완벽한 사람이 아닐지도 모릅니다. 세상은 이미 인간은 완벽하지 않다는 것을 알고 있습니다. 세상이 가장 원하는 사람은 자신이 틀렸을 때 틀렸다고 용기 있게 말할 수 있는 사람이라고 책에서 읽었습니다. 자신이 틀렸을 때 틀렸다고 용기 있게 고백할 수 있는 사람은 다른 사람과 힘을 합해 더 나은 가치를 만들어낼 수 있기 때문이라고 합니다. 같은 맥락으로, 항상 반듯한 것만이 진실이 아니라는 것이지요. 거짓을 뉘우치는 것 또한 진실이라는 것입니다. 반성은 과거를 돌아보는 것이 아니라 미래를 다짐하는 것일 테니까요.

마키아벨리는 『군주론』을 통해 군주가 자신의 권력을 지키기 위해 반드시 가져야 할 지침에 대해 적어놓았습니다. 마키아벨리의 『군주론』 속엔 피 냄새가 가득합니다. 인간으로서 지켜야 할 최소한의 도리마저 저버린 비정함과 잔인함이 섬뜩하리만큼 가득합니다. 물론 이 책 속엔 변덕스러운 인간을 제압하는 설득력 있는 이야기들도 있습니다. 그럼에도 불구하고 이 책이 오랜 세월 동안 사람들에게 읽히는 것은 또 다른 이유가 있기 때문이라고 생각합니다. 마키아벨리는 『군주론』을 쓴 뒤 자신의 생각이 틀렸다는 것을 깨닫고, 자신이 『군주론』에서 말한 것처럼 살아서는 안 된다는 내용의 또 다른 책을 썼던 것입니다. 마키아벨리는 자신의 생각이 틀렸음을 인정하고, 자신의 이전 글을 반박하는 또 다른 글을 씀으로써 기꺼이 자기모순을 인정할 수 있는 용기 있는 사람이었습니다. 마키아벨리의 이런 점 때문에 그의 『군주론』이 오랜 세월 동안 사람들에게 읽히는 것일지도 모릅니다. 마키아벨리는 우리에게 이렇게 말하고 싶었는지도 모릅니다.

"당신의 가능성을 믿어야 하지만, 동시에 당신의 한계도 알고 있어야 한다. 가능성은 자신의 한계에 대한 인정에서부터 출발하는 것인지도 모르니까."

옆면에 있는 그림은 아기표범이 들판에서 처음으로 표범나비를 만난 광경입니다. 아기표범은 어떤 생각을 했을까요? 자신과 똑같은 무늬를 가지고 있는 표범나비를 바라보며, 아기표범은 뭐라 설명할 수 없는 배신감이 들었을까요? 아니면 공감 어린 눈빛

으로 표범나비를 바라보았을까요? 강인한 아름다움이 깃들어 있는 자신의 무늬에 대한 박탈감이 들었을지도 모르겠습니다. 여러분도 비슷한 경험을 하신 적이 있으신지요?

배은망덕

　제가 사는 동네엔 수령이 800년이 넘은 은행나무가 있습니다. 아프리카에 사는 바오밥나무들 중엔 수령이 5,000년이 넘는 나무도 있다고 하니 800년은 대단치 않은 것으로 생각될 수도 있겠지만, 이 은행나무를 볼 때마다 어떻게 800년이라는 세월을 견뎠을까 생각했습니다. 어른 다섯 명이 양팔을 벌려 손에 손을 잡고 나무둥치를 돈다 해도 다 못 돌 것 같습니다. 물론 제가 어림잡아 생각한 것입니다.

　다음의 그림을 보십시오. 나무 아래 앉아 있는 꿩 한 마리가 보이시는지요? 나무가 얼마나 큰지 그림으로 보여드리려고 꿩을 그

려 넣은 것입니다. 꿩은 제법 큰 새인데 이 은행나무 아래 있으니 참새처럼 아주 작아 보입니다. 실제로는 꿩의 크기를 더 작게, 어쩌면 콩알보다도 더 작게 그리는 게 맞습니다. 더 작게 그리면 아예 보이지 않을 것 같아 이 정도 크기로 그린 것입니다.

나무 근처로 가보면 그 나무가 혼자 힘으로 800년을 견딘 것이 아님을 금세 알 수 있습니다. 아주 오래전부터 사람들은 그 나무의 굵은 나뭇가지 이곳저곳에 지지대를 받쳐주었습니다. 지지대가 없었더라면 이 나무는 그토록 오랜 세월을 견뎌낼 수 없었을 것입니다. 지지대를 세워준 사람들의 은혜를 아는지 지금도 은행나무는 매년 가을이면 황금색 단풍을 선물합니다. 이 나무를 볼 때마다 저는 '혼자 크는 나무 없다'는 것을 절실히 깨닫습니다.

우리는 살아가면서 많은 사람의 은혜를 입습니다. 은혜를 입을 때마다 평생토록 이 은혜를 잊지 않겠다고 상대를 향해 혹은 자신을 향해 굳게 약속하기도 합니다. 하지만 어느 날 문득 내게 은혜를 베푼 사람의 연락처조차도 남아 있지 않음을 알게 되었을 때 적잖은 허탈감을 느끼기도 합니다. 누군가의 은혜를 잊었다는 것은 묘하게 내 마음을 아프게 합니다. 사람의 도리를 다하지 못했다는 느낌 때문이겠지요.

은혜를 잊었다는 뜻의 '배은망덕'이라는 단어 또한 '배신'과 마찬가지로 부정적 의미를 주는 단어임에 틀림없습니다. '배은망덕'은 인간의 도리가 아니기 때문입니다. 하지만 '배은망덕'은 우리 삶 속에 이미 깊이 들어와 있습니다. 혹시라도 내게 은혜를 베푼 사람들을 잊지 않으셨는지요? 아니면 내가 베푼 은혜를 잊어버린 사람은 없는지요?

인간의 배은망덕에 대한 기발한 풍자를 담은 프랑스 희곡이 있습니다. 프랑스의 극작가 외젠 라비슈가 쓴 희곡의 제목은 「페리숑 씨의 여행」입니다. 저는 이 이야기를 프랑스의 천재 소설가 베르나르 베르베르가 쓴 『상상력 사전』에서 읽었습니다. 이 책 속에 '페리숑 씨의 콤플렉스'라는 제목으로 담겨져 있었습니다. 이 이야기를 요약하면 이렇습니다.

페리숑 씨는 아내와 딸과 함께 알프스 여행을 떠납니다. 페리숑 씨의 가족과 함께 동행한 두 명의 청년이 있었습니다. 그들은 페리숑 씨의 딸과 결혼하고 싶어 하는 청년들이었습니다. 페리숑 씨는 두 명의 청년 중 어느 쪽이 더 나은 사윗감인지 여행을 통해 알게 될 거라고 믿었을 것 같습니다. 하루는 여행지에서 페리숑 씨가 말을 타고 가다가 떨어지고 말았습니다. 하필 그가 떨어진 곳은 비탈진 곳이었기 때문에 페리숑 씨는 벼랑을 향해 데굴데굴 구르고 있었습니다. 바로 그때 청년 중 한 명인 '아르망'이 몸을 던져 페리숑 씨를 극적으로 구해냅니다. 페리숑 씨의 아내와 딸은 페리숑 씨의 생명의 은인인 '아르망'을 향해 깊은 감사의 인사를 합니다. 아마도 청년 아르망은 신랑감으로서 백 점을 땄을 것 같습니다. 하지만 페리숑 씨는 그의 아내와 딸만큼의 깊은 감사를 느끼지 않았습니다. 왜냐하면 말에서 떨어져 비탈길을 굴러갈 때 자신이 잡을 수 있는 전나무가 있었는데, 그 나무를 잡았다면 큰 화를 면할 수 있을 거라고 생각했기 때문입니다. 페리숑 씨는 '아르망'을 의도적으로 과소평가하고 싶었던 것입니다. 다른 사람에게 신세를 졌다는 생각은 그의 마음을 불편하게 만들 테니까요.

다음 날 페리숑 씨는 또 다른 청년인 '다니엘'과 함께 알프스 트레킹을 떠났습니다. 그러던 중 '다니엘'은 빙하와 빙하 사이에 있는 깊은 절벽인 크레바스로 추락할 위기에 처합니다. 바로 그때 페리숑 씨가 위험에 처한 '다니엘'에게로 달려가 자신의 등산 용 피켈을 내밀어 그를 극적으로 구조해냅니다. 산장으로 다시 돌아온 페리숑 씨는 자신의 딸과 아내에게 '다니엘'의 생명을 구한 것을 자랑스럽게 떠벌립니다. '아르망'이 페리숑 씨의 생명을 구해 백 점을 얻었다면 그와 반대로 페리숑 씨가 생명을 구해준 '다니엘'은 마이너스 백 점을 얻었다고 생각할 수도 있겠습니다.

지금까지의 상황을 정리하면 이렇습니다.

아르망: 페리숑 씨의 생명을 구한 청년(+100점)
다니엘: 페리숑 씨가 생명을 구해준 청년(-100점)

여행을 마칠 무렵, 페리숑 씨는 '아르망'과 '다니엘' 중 신랑감으로 누구를 선택하라고 딸을 부추겼을까요? 뜻밖에도 '다니엘'이었습니다. 페리숑 씨의 생명을 구해준 '아르망'이 얼마나 당황스러워했을지 짐작이 갑니다. 그렇다면 페리숑 씨는 왜 '다니엘'을 선택했을까요? 아마도 '아르망'은 배신감에 분노를 느꼈을지도 모릅니다. '아르망'은 페리숑 씨가 자신을 선택하는 것이 당연하다고 생각했기 때문입니다. 누가 보더라도 생명의 은인인 자신을 선택하는 것이 이치에 맞다고 생각했기 때문입니다. '아르망'

에게 페리숑 씨는 은혜를 모르는 인간으로 보였을 것입니다.

페리숑 씨가 '다니엘'을 선택한 것은 이유가 있었습니다. '다니엘'을 볼 때마다 페리숑 씨는 자신이 구한 청년이라는 이유만으로도 기쁨을 느낄 것입니다. 더욱이 '다니엘'의 입장에서 본다면, 자신의 생명을 구해준 사람의 딸이기 때문에 '다니엘'이 딸에게 더욱 잘할 것이라고 확신할 수도 있었을 것입니다. 나의 생명을 구해준 사람의 딸을 누구든 함부로 대하지 않을 테니까요. 반면에 페리숑 씨가 '아르망'을 선택하지 않은 것도 분명한 이유가 있었습니다. 어쨌든 '아르망'이 자신의 생명을 구해준 것은 고마웠지만 그 은혜를 어떻게 갚아야 하는가에 대한 생각은 페리숑 씨에게 큰 부담으로 작용했을 것입니다. 더욱이 사위가 딸에게 잘못을 했을 때조차도 생명의 은인인 사위를 혼낸다는 것은 쉽지 않은 일일 것입니다.

어떻습니까? 페리숑 씨가 '아르망'의 은혜를 저버린 이유가 조금은 이해 가시는지요. 인간이 이렇습니다. 작가 외젠 라비슈는 인간의 본성 중 하나인 '배은망덕'을 풍자하기 위해 이 희곡을 썼던 것이란 생각이 들었습니다.

(   )은 도무지 은혜를 모르는 네 발 달린 짐승이다. —도스토옙스키

빈칸에 들어갈 단어는 무엇일까요? 예상하신 것처럼 '인간'입니다.

(인간)은 도무지 은혜를 모르는 네 발 달린 짐승이다.

이 말은 '배은망덕'을 의미하는 것입니다. 도스토옙스키는 '배은망덕' 또한 인간의 감정 중 하나라는 것을 말하고 싶었던 것 같습니다. 그렇다면 도스토옙스키는 왜 이런 말을 했을까요? '배은망덕'이라는 인간의 본성을 깔본 것일까요? 아니면 인간을 함부로 믿지 말라는 것일까요? 둘 다 아닌 것 같습니다. 이미 고전의 반열 속에 이름을 올린 똑똑한 도스토옙스키가 그런 의도로 말했을 리 없습니다.

도스토옙스키는 인간을 믿되 인간을 완벽할 거라고 믿지 말라고 우리에게 넌지시 말하고 싶었던 것입니다. 인간은 완벽할 수 없으니 설득력 있는 말입니다. 사람을 믿되 함부로 믿지 말라는

뜻입니다. 사람을 믿되 쉽게 믿지 말라는 뜻이지요.

인간이 완벽할 거라고 믿지 않는 것은 인간에 대한 긍정일까요, 인간에 대한 부정일까요? 저는 인간에 대한 긍정이라고 생각합니다. 인간은 완벽할 수 없으니 인간에게 완벽을 기대하지 않는다는 것은 인간에 대한 분명한 긍정입니다. 때로는 진지하고, 진실하고, 친절하고, 정의롭지만 항상 그럴 수 없는 인간의 연약함을 도스토옙스키는 긍정한 것입니다.

"내 아이는 완벽해."

이렇게 말하는 부모는 아이에게 관대한 부모가 될 수 없습니다. 이렇게 말하는 부모는 아이를 심리적으로 불안한 사람으로 키울 가능성이 높습니다.

"내 아이는 완벽한 아이가 아니야."

이렇게 말하는 부모는 아이에게 관대한 부모가 될 수 있습니다. 관대한 부모는 아이를 심리적으로 안정된 사람으로 성장시킬 가능성이 높습니다.

"당신은 절대로 바람피울 사람이 아니야."

어느 날 저의 후배가 자신의 아내에게 확신을 가지고 한 말입니다. 그의 아내는 뭐라고 대답했을까요. 믿어줘서 고마워, 라고 했을까요? 아닙니다. 그녀는 또렷한 목소리로 말했습니다.

"믿지 마. 나도 바람피울 수 있으니까."

아내의 뜻밖의 말에 당황하는 남편의 모습이 보이시는지요? 아내가 뻔뻔한 사람이라는 생각이 드실지도 모르겠습니다. 하지만 아내의 말은 그게 전부가 아니었습니다. 그의 아내가 이렇게 말했거든요.

"믿지 마. 나도 바람피울 수 있으니까. 당신이 나를 지나치게 믿으면 나를 지켜줄 수 없잖아."

그렇다면 아내의 말은 자신을 긍정한 것일까요, 부정한 것일까요? 저는 그녀가 자신을 긍정한 거라고 믿습니다. 자신의 연약함을 솔직히 고백한다는 것은 분명, 자신을 긍정하는 것일 테니까요.

"세상에 믿을 사람 아무도 없다."

어느 날 제가 했던 말입니다. 이런 말 하려면 분명히 각오해야 할 것이 한 가지 있습니다. "세상에 믿을 사람 아무도 없다"고 말한 사람은 "세상엔 나를 믿을 사람도 아무도 없다"고 고백해야 합니다. 세상에 믿을 사람이 한 사람도 없다고 말하는 사람을 어떤 사람이 믿을 수 있겠습니까?

사람을 믿지 말아야 할까요? 아무도 믿지 않으면 나만 손해입니다. 사람의 마음을 얻지 못하면 아무것도 얻을 수 없기 때문입니다. 사람을 믿되, 그가 완벽할 거라고 믿지 않는 것. 그것이 사람에게 믿음을 가질 수 있는, 혹은 믿음을 줄 수 있는 가장 좋은 방법인지도 모릅니다.

이기심

"너는 너무 이기적이야."

우리는 종종 누군가를 향해 서슴지 않고 이런 말을 합니다. 이 말은 상대를 경멸하는 말입니다. 무엇보다도 인간의 이기심을 깔보는 말이기도 합니다. 인간의 이기심을 깔본다면 인간을 이해할 수 있을까요? 인간의 이기심을 깔본다면, 심지어는 자신조차도 이해할 수 없는 사람일지도 모릅니다. 오래전 애덤 스미스라는 경제학자는 그의 저작 『국부론』에서 "세상을 돌아가게 하는 것은 인간 각자의 이기심이다"라고 말했습니다. 현재까지도 그의 통찰에 공감하는 사람들이 많습니다. 사람들 각자가 자신의 자리에서 각자의 이기심을 따라 살아가는 것이 세상을 자연스럽게 돌아가게 한다는 것이지요. '이기심'은 자신을 보호하려는 인간의 본성 중 하나입니다. 타인의 손해를 아랑곳하지 않고 오직 자신의 이익에만 몰두하는 지나친 이기심은 분명한 문제일 것입니다. 그렇다 해도 "당신은 너무 이기적이야"라는 말은 함부로 입에 올려서는 안 되는 말일지도 모릅니다. 이기적인가, 이기적이지 않은가에 대한 기준도 누가 보느냐에 따라 달라질 테니까요. 그래서 때로는 "당신은 너무 이기적이야"라는 말 대신 "나는 이기적이지 않은가?"라고 스스로를 향해 질문을 던지며 자신을 돌아보는 것도 유용한 일일 것입니다. "당신보다야 내가 낫지?"라고 말할 수도 있겠지만 정말 그럴까요? 아닐 수도 있습니다.

밤하늘을 배경으로 품이 넓은 느티나무가 서 있습니다. 느티나무의 아름다운 풍경을 시샘하듯 세찬 바람이 다가와 느티나무를 사정없이 흔듭니다. 느티나무가 바람을 향해 따지듯 말했습니다.
"바람, 너는 왜 가만히 서 있는 나를 흔드는 거지?"
느티나무의 말이 끝나자마자 바람이 맞받아쳤습니다.
"내가 너를 흔든다고 생각하지 마. 바람이 가는 길목에 느티나무 네가 서 있는 건지도 모르잖아. 바람이 가는 길목에 나무인 네가 버티고 서서 바람이 가는 길을 방해하고 있는 것인지도 모르잖아. 어떤 상황도 누가 보느냐에 따라 달라질 수 있거든. 자신의 입장은 이렇듯 폭력적인 거야."

그렇습니다. 바람에 흔들리는 나무에 대한 이야기도 누구의 기준으로 보느냐에 따라 이렇게 달라질 수 있습니다.

분홍빛 엉겅퀴 꽃은 참 아름답습니다. 하지만 엉겅퀴는 온몸 가득 날카로운 가시를 지니고 있습니다. 한 어린아이가 다가가 엉겅퀴에게 따지듯 물었습니다.

"너는 왜 이렇게 온몸 가득 가시를 만들어놓았지? 네가 예뻐서 너를 만지다가 이렇게 가시에 찔렸거든."

아이의 말이 끝나자마자 엉겅퀴가 말했습니다.

"어째서 내 몸 가득 가시를 만들어놓았냐고? 나를 지키고 싶어서, 그뿐이야……. 엉겅퀴의 분홍 꽃이 예쁘다며 나를 따가는 사람들이 많았거든. 나를 약재로 쓴다고 뿌리까지 통째로 캐어가는 나쁜 사람들도 있었고. 그래서 가시를 만들어놓은 거야."

엉겅퀴 꽃과 멀지 않은 곳에 독거미 한 마리가 있었습니다. 한

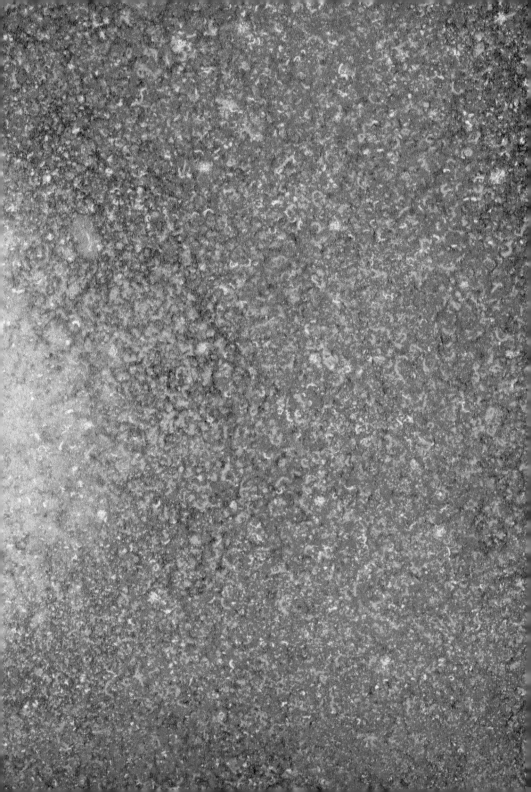

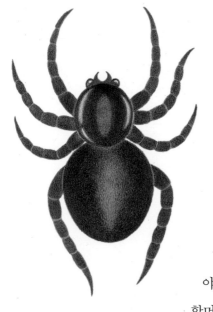

어린아이가 다가가 독거미에게
물었습니다.

"세상엔 독이 없는 거미들도
많잖아. 너는 왜 네 이빨 속에 무
시무시한 독을 품고 있는 거지?"

아이의 말이 끝나자마자 독거
미가 대답했습니다.

"왜 내 이빨 속에 독을 품고 있느
냐고? 그냥 나를 지키려고, 그뿐이
야……. 새들이 날아와 내 할아버지와
할머니, 내 엄마와 아빠, 그리고 내 동생
들까지 모조리 물어 갔거든. 그래서 내 몸 가득 독을 만들어놓은
거야. 새들은 독을 품은 거미는 함부로 먹을 수 없으니까. 인간들
은 새들의 노랫소리가 아름답다고 말하지만 거미에겐 새들의 노
랫소리가 지옥이나 마찬가지야. 새들이 지저귀는 소리가 우리들
에겐 죽음의 진혼곡처럼 들리거든."

독거미와 멀지 않은 곳에 코뿔소도 한 마리가 있었습니다. 한
어린아이가 다가가 코뿔소에게 물었습니다.

"코뿔소, 너는 왜 그렇게 무시무시한 뿔을 만들어놓았니? 그것도 두 개씩이나."

코뿔소는 눈을 지그시 감으며 아무 말도 하지 않았습니다. 잠시 후 코뿔소는 자신의 뿔을 사용하여 멀지 않은 곳을 가리켰습니다.

"저기 있는 코뿔소가 보이지?"

아이는 고개를 끄덕이며 코뿔소가 가리키는 곳을 바라보았습니다.

"저기 있는 불쌍한 코뿔소의 모습을 똑바로 보라고. 내게 뿔이 없어지면 나도 저런 꼴 당하거든. 그래서 코 뿔을 만들어놓은 거야. 그것도 두 개씩이나."

잠시 후 코뿔소가 다시 말했습니다.

"나에게 코 뿔이 없었다면 나는 벌써 맹수의 먹이가 되고 말았을 거야."

잠시 사이를 두었다가 코뿔소가 다시 말했습니다.

"내가 만약 코 뿔을 잃어버린다면 나는 나의 모습을 흉측하고 무서운 모습으로 왜곡시켜야 해. 코 뿔이 없는 대신 내 모습을 더 사나운 모습으로 만들어놓아야 하니까……. 그래야만 나를 지킬 수 있으니까."

여러분은 코뿔소의 말에 공감하시는지요. 저는 코뿔소의 말이
이해됩니다. 코 뿔을 잃으면 코뿔소가 자신의 모습을 흉측하고 무
서운 모습으로 왜곡시켜야 하는 것처럼, 인간에게 이기심이 없다면

인간은 지금보다 더욱 사나워질지도 모릅니다. 자신을 쓰러뜨리려는 세상의 모든 것들과 싸우며 자신을 지켜야 하기 때문입니다.

"손해 보며 살아라. 그게 좋은 거야."

우리는 종종 이런 말을 듣습니다. 손해 보며 사는 것, 그것이 정말 좋은 걸까요? 때때로 적당히 손해 보며 살라는 말은 맞는 말일지도 모릅니다. 분명한 것은, 자주 손해 보는 사람은 억눌린 이기심 때문에 안으로 분노가 쌓인다는 것입니다.

"지는 게 이기는 거다."

우리는 어린 시절부터 이런 말도 자주 들었습니다. 멋진 철학을 담고 있는 근사한 말처럼 들립니다만 다소 문제가 있는 말입니다. 정말로 지는 게 이기는 것일까요? 아닐지도 모릅니다. 자주 지는 사람은 혹은 자주 져주는 사람은, 억눌린 자아 때문에 안으로 분노가 쌓인다고 합니다. 기왕이면 손해 보고 싶지 않은 것이 인간의 본성과 가깝고, 기왕이면 승리하고 싶어 하는 것이 인간의 본성과 가까운 것이기 때문입니다.

분노로 가득 찬 붉은 여우를 보십시오. 분노는 폭발할 장소를 필요로 합니다.

폭발할 장소를 찾아 나선 붉은 여우의 모습입니다. 폭발할 장소의 대부분은 어느 곳일까요? 마음 아프게도 나의 분노가 폭발할 장소의 대부분은 나의 가정이라고 합니다. 피해자의 대부분은 나의 가족이거나 나 자신인 셈이지요.

손해 보며 사는 게 좋은 거라는 말과, 지는 게 이기는 거란 말이 가지고 있는 문제점은 생각보다 심각할 수도 있습니다. 자신이 넓은 마음으로 손해를 감수했다는 생각과 자신이 이길 수 있었지만 상대를 사랑하는 마음으로 져주었다는 자의식은 오히려 교만이 될 수도 있습니다. 그를 위해 손해를 감수했다는 것을, 그리고 그를 사랑하는 마음으로 져주었다는 것을 잊지 않고 또렷이 기억하는 한, 우리는 언젠가는 그를 향해 그것에 대한 대가를 받으려 할 가능성이 큽니다. 이처럼 이기심은 인간의 본성 중 가장 강력한 것 중 하나입니다.

하지만 우리가 기억해야 할 한 가지가 더 있습니다. 어느 날 강연을 통해 들었던 이야기인데, 타인을 돕는 것이 이기심의 완성이라고 하네요. 진짜로 이기적인 사람은 타인을 돕는다는 것입니다. 그래서 나 자신을 돕는 최선의 방법은 타인을 돕는 것이라고 합니다. 물론 이 말은 나의 이익을 위해 타인을 도와야 한다는 말과는 분명 다른 말입니다. 내가 타인으로부터 도움을 받고 싶다면, 먼저 타인을 도우라는 것이겠지요. 심리학자들의 연구에 의하면 인간은 상호성의 원칙에 의해 도움을 주고받는다고 합니다. 내가 도움을 준 사람은 상호성의 원칙에 의해서 적어도 한 번은 내게 도움을 줄 가능성이 아주 많다는 것입니다. 누군가에게 급히 천 원을 빌리고 싶다면, 내가 이전에 돈을 빌려준 적이 있는 사람에게 제일 먼저 가면 된다는 것이지요. 만일 그에게 돈이 있다면 그는 망설임 없이 내게 돈을 빌려줄 테니까요. 그는 심지어 "정말로 천 원이면 되겠어?"라고 나를 향해 친절하게 말할지도 모릅니다.

제가 드린 말씀을 오해할 수도 있겠습니다. 조건부적으로 도움을 주고받는 것은 인간적이지 않다고 생각하실 수도 있을 것 같습니다. 부디 오해 없으시길 바랍니다. 언젠가 자신이 궁해질 때 그의 도움을 받기 위해 지금 우리는 그를 도와야 한다는 말이 아니니까요. 서로 도움을 주고받을 수밖에 없는 것이 인간의 운명이고 인간의 실존이라는 것입니다. 혼자 살아갈 수 있는 사람은 단 한 명도 없을 테니까요. 앞에서도 말씀드렸지만 혼자 크는 나무는 없을 것입니다. 아무 조건도 없이 누군가를 돕는 사람들도 있습니다. 그렇다고 그것이 아무런 조건 없이 누군가를 도운 것이라고 단정적으로 말할 수는 없을 것입니다. 언젠가, 누군가로부터 조건 없이 받았던 사랑을 지금 도움이 필요한 다른 사람에게 되갚고 있는 것일지도 모르니까요.

나를 정면으로 바라볼 수 있어야 하지만 때로는 나를 망각할 수도 있어야 한다는 생각이 듭니다. 나를 망각하는 것만이 나를 바라볼 수 있는 유일한 방법이 될 수도 있기 때문입니다. 여행을 위해 집을 멀리 떠났을 때 집이 더욱 선명하게 보이고, 엄마의 품을 멀리 떠났을 때 엄마의 얼굴이 더욱 선명하게 보이는 것처럼 말입니다. 나를 버려야만 비로소 내게로 다가오는 것들이 있지요. '진심'이나 '진실' 같은 것 말입니다. 한 치의 흐트러짐도 없는 총총한 나의 모습은 누군가를 얼마나 긴장시키겠습니까? 한 번의 실수도 용납하지 않겠다는 확신에 찬 나의 모습은 누군가를 얼마나 숨 막히게 하겠습니까? 조금도 손해 보지 않겠다는 단단한 마음 옆에 누가 머물겠습니까?

인간의 이기심을 깔보면 깔볼수록 사람들은 하나씩 하나씩 내

곁을 떠나갈 것입니다. 인간의 이기심을 깔보면 깔볼수록 내 곁
에서 점점 멀어지는 나를 발견하게 될 것입니다.

이중성

그림 속에 귤이 있습니다.

아이의 아빠가 아이를 향해 말했습니다.

"아빠는 네가 귤 같은 사람이 되었으면 좋겠다."

아이의 아빠는 아이가 어떤 사람이 되라는 뜻일까요? 귤처럼 향기로운 사람이 되라는 뜻일까요? 아니면 귤처럼 겉과 속이 똑같은 사람이 되라는 뜻일까요? 만일 겉과 속이 똑같은 사람이 되라고 했다면 그것은 불가능한 주문일지도 모릅니다. 겉과 속이 똑같은 사람은 사회생활이 불가능할 것입니다. 인간관계에서도 백전백패할지 모릅니다. 겉과 속이 똑같은 사람이 되라는 말은,

말과 행동이 똑같은 사람이 되라는 말로 해석하거나, 남을 속이지 않는 진실한 사람이 되라는 의미로 해석하는 것이 좋을 것 같습니다.

세상의 모든 사람들이 겉과 속이 같으면 세상은 지금보다 평화로워질까요? 언뜻 생각해보면, 남을 속이는 사람이 없을 테니 세상은 지금보다 평화로워진다고 말할 수도 있을 것 같습니다. 하지만 다시 곰곰이 생각해보면 그렇지만은 않다는 것을 알게 됩니다. 세상의 모든 사람들이 겉과 속이 같으면 세상은 지금보다 훨씬 더 사나워질 가능성이 높습니다.

사람들이 자신의 내면을 감추지 않고 있는 그대로를 보여준다면 폭행과 살인 사건이 넘쳐나 텔레비전의 뉴스 시간은 지금보다 훨씬 길어질 가능성이 높습니다. 사람들 각자가 마음속에 있는 것을 그대로 표현하면 세상은 온통 들끓는 화산이 될 테니까요. 전쟁터와 같을 것입니다.

세상의 평화를 위해서는 가면(페르소나)이 필요합니다. 인간은 사회생활을 위해 운명적으로 가면을 쓸 수밖에 없다고 합니다.

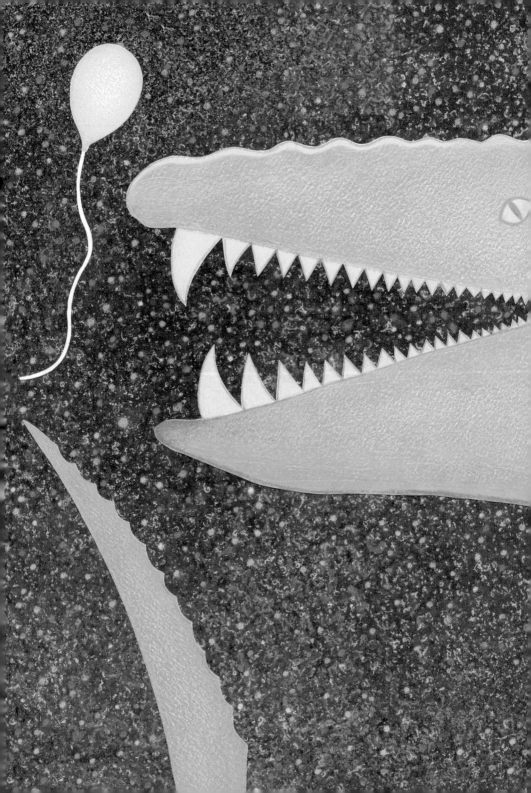

인간의 가면을 내숭이나 가식이라고 말하기도 하지만 단지 그렇게 말할 수만은 없는 분명한 이유가 있습니다.

인간의 이중성이 세상을 어지럽힌다고 말하는 사람도 있고 자신을 감추지 말고 순수한 사람이 되라고 목소리를 높이는 사람들도 있지만 그것은 인간의 이중성이 세상을 평화롭게 한다는 것을 모르는 사람의 이야기입니다. 생각해보십시오. 사람들 대부분은 정도의 차이일 뿐 난폭함을 가지고 있을 텐데 자신의 난폭함을 감추지 않는 세상은 얼마나 끔찍한 세상일까요. 감춰야 할 마음속 이야기까지 모조리 꺼낸다면 가정도 학교도 기업도 심지어는 연인들 사이의 사랑도 말 그대로 콩가루가 되고 말 것입니다.

어떤 모임에서 이렇게 말하는 청년이 있었습니다.
"사랑은 순수한 것입니다. 사랑한다면 망설이지 말고 상대를 향해 화살처럼 날아가는 것입니다. 순수한 사랑은 자신의 감정을 감추지 않는 것이라고 생각합니다. 그런 까닭에 밀당을 한다는 건 자신의 감정을 속이는 것이니 이미 사랑이라고 말할 수 없는 것입니다."
청년은 매우 진지한 목소리로 말했습니다. 함께 있었던 청년들의 반응을 살펴보니 공감 쪽이 더 많았던 것 같습니다. 물론 그 청년의 말에 동의할 수 없다는 듯 심드렁한 표정을 짓는 사람들도 있었습니다.

청년의 말처럼 조금의 망설임도 없이 상대를 향해 화살처럼 날아가는 것이 순수한 사랑일까요? 자신의 감정을 감추지 않는 것이 순수한 사랑일까요? 아닐지도 모릅니다. 내 감정을 속이지 않는 것, 그것을 순수한 사랑이라고 말할 수는 없을 테니까요. 내 감정을 속이지 않는 것과 순수한 것은 분명 다른 차원의 것입니다. 내 마음을 꾸밈없이 보여주는 것을 '순수'라고 착각하지 말아야 할 것 같습니다. 내 마음을 다 보여주는 것은 어쩌면 성숙하지 못하다는 것일 수도 있습니다. 때로는 내 마음을 감출 수 있어야 하지 않을까요. 내 마음을 적절히 감추고 상대편의 마음까지 헤아리는 것이 진정한 순수일지도 모릅니다. 솔직하다는 말은 내 마음에 있는 것을 숨김없이 모두 말하는 것이 아닙니다. 끝끝내 나만 알고 있어야 할 것들을 인내하며 내 안에 간직하는 것, 그것이 더 큰 의미의 솔직함인지도 모릅니다. 자신을 감추기 위해 필요한 가면도 있지만 상대방을 지켜주기 위해 필요한 가면도 있기 때문입니다.

순수한 사랑은 내 감정만 생각하지 않는다고 합니다. 순수한 사랑은 상대편의 감정까지 생각한다고 합니다. 몇 년 전 방송의 다큐멘터리를 통해 새롭게 알게 된 것이 하나 더 있습니다. 인간이 가면을 쓰는 이유는 단지 나를 감추기 위해서가 아니라 또 다른 나를 갖고 싶은 욕망 때문이라고 합니다. 전적으로 공감할 수 있었습니다. 나도 모르는 나, 내게도 낯선 나를 어느 날 문득 만난다는 것은 삶이 나를 위해 감추어놓은 비밀 같은 것인지도 모릅니다. 강연 등 여러 가지 일정으로 지방을 오갈 때가 많습니다. 어두운 들판을 가로지르는 밤기차의 유리창 속에서 어느 날 문득 제 얼굴이 보일 때가 있습니다. 타인처럼 낯설게 느껴지는 나의 모습을 한참 동안 바라볼 때가 있습니다. 낯선 나의 모습에 소스라치게 놀랄 때가 있습니다. 여러분도 그럴 때가 있으셨는지요?

속물근성

속물근성의 사전적 의미는 이렇습니다. 돈이나 명예, 그리고 눈 앞의 이익에만 몰두하는 속성을 우리는 속물근성이라고 합니다.

인간을 수치스럽게 만드는 여러 가지 상황이 있습니다. 그중 하나는 누군가에게 자신의 속물근성을 들켰을 때입니다. 다른 사람에게 자신의 속물근성을 들키지 않았다고 해서 수치를 전혀 느끼지 않는다고 말할 수는 없습니다. 자신의 속물근성을 자신에게 들켰을 때도 수치를 느끼는 사람이 얼마든지 있기 때문입니다. 속물일 수밖에 없는 인간이 자신에게든 남에게든 자신의 속물을 들키고 나서 수치를 느낀다는 것은 참으로 아이러니한 일입니다. 바다는 가장 낮은 곳에 있어 수평선을 가진 넓은 바다가 될 수 있었습니다. 그런데 바다가 가장 낮은 곳에 있는 자신을 슬퍼한다면 이것 또한 아이러니한 일이 아니겠습니까. 인간은 인간일 뿐이고, 바다는 바다일 뿐입니다. 그 이상도 그 이하도 아닙니다.

앞에서 말씀드린 것처럼 돈이나 명예, 그리고 눈앞의 이익에만 몰두하는 속성을 속물근성이라고 한다면 인간 모두에겐 속물근성이 있다고 말할 수도 있겠습니다. 속물근성은 인간이 가질 수밖에 없는 운명적인 조건인지도 모릅니다. 돈이나 명예, 눈앞의 이익으로부터 완전히 자유로운 사람은 없을 테니까요. 그러니까 그 누구도 다른 사람의 속물근성을 함부로 욕할 수는 없는 것입니다. 내가 내 안에 있는 속물근성을 함부로 능멸한다면, 나는 끝끝내 나를 사랑하지 못할 수도 있습니다. 내가 내 안에 있는 속물근성을 함부로 능멸한다면, 내가 누구인지, 어떤 사람인지, 그것조차 알지 못하는 사람일지도 모릅니다. 스스로를 사랑할 수 없는 삶이란 얼마나 끔찍한 것이겠습니까. 다만 돈만 있으면 세상에 안 되는 일이 없다고 큰소리치는 속물근성은 예외로 하겠습니다.

수류탄은 안전핀을 뽑은 뒤 5초 후에 터진다고 합니다. 그러한 이유 때문에 수류탄의 안전핀을 뽑은 후 적을 향해 곧바로 던지면 안 된다고 합니다. 수류탄의 안전핀을 뽑은 후 적지를 향해 곧바로 던지면 적지에 떨어진 수류탄이 바로 터지지 않고 3초나 4초를 머물기 때문에 그 사이에 적이 재빠르게 도망칠 수 있기 때문입니다. 그래서 수류탄을 던질 땐 위험을 무릅쓰고 내 손에서 3초 정도를 가지고 있어야 한다고 합니다. 내 손에 꼭 쥐고 하나, 둘, 셋을 세고 나서 적을 향해 힘차게 던져야 비로소 적지에 떨어진 수류탄이 제 역할을 할 수 있는 것입니다. 이와 같이 누군가를 제대로 공격하려면 나 또한 위험을 감수해야 합니다. 내게 위험이 없다면 적도 위험에 빠뜨릴 수 없는 것이지요. 제가 뜬금없이 수류탄 이야기를 꺼낸 것은 이유가 있습니다. 무언가를 얻으려면 위험이든 갈등이든 그 무엇이든 내가 감당해야 할 것들이 있다는 것입니다.

누군가와 갈등하는 것이 두려워 저는 중요한 결정권을 양보한 적이 많습니다. 누군가와 갈등이 생길 것이 두려워 힘겨운 부탁을 들어주기도 했습니다. 누군가에게 나의 속물근성을 들키는 게 두려워 내 욕망을 슬그머니 감춘 적도 많습니다. 설령 상대에게 나의 속물근성을 들킨다 하더라도 두려워할 이유는 없을 것 같습니다. 상대에게도 나와 같은 속물근성은 있을 테니까요.

허영심

　문명과 거리가 먼 오지의 사람들 중엔 지금도 버펄로 사냥을 하며 살아가는 사람들이 있다고 합니다. 그들은 마구 총질을 하며 버펄로를 사냥하는 것이 아니라 전통적인 방법으로 버펄로를 사냥 합니다. 전통적인 방법은 이렇습니다. 들판에서 수많은 버펄로 떼를 발견하면 원주민이 한쪽으로 다가가 새끼 버펄로 울음소리를 낸다고 합니다. 새끼 버펄로의 가짜 울음소리로 버펄로 무리를 이끌고 가는 암컷의 모성애를 자극해 절벽이 있는 쪽으로 버펄로 무리를 유인하는 것입니다. 버펄로 무리가 아무것도 모른 채 절벽을 향해 걸어가고 있을 때 원주민들은 함성을 지르며 뒤쪽에서 버펄로 무리를 공격합니다. 도망치는 버펄로들은 눈앞에서 절벽을 만나지만 이미 때는 늦었습니다. 걸음을 멈추려 해도 멈춰지지 않는 것이지요. 쫓기며 달려오는 버펄로 무리들이 뒤쪽에서 사정없이 몸을 부딪쳐오면 앞쪽의 버펄로들은 꼼짝없이 절벽 아래로 떨어지고 맙니다. 많은 버펄로들이 허공을 날며 절벽 아래로 무참히 떨어지면, 대기하고 있던 원주민들이 화살이나 창이나 돌망치를 가지고 죽어가는 버펄로들의 숨통을 끊으면 사냥은 끝납니다.

현대를 살아가는 사람들의 모습도 버펄로를 많이 닮아 있는 것 같습니다. 높이를 향한 집단적 믿음이 사람들을 벼랑 끝으로 몰아가고 있습니다. 높이를 가져야만 세상으로부터 발길질 당하지 않을 테니 높이를 갖고 싶은 것이지요. 하지만 선택받은 몇몇만 높이를 가질 수 있으니 그렇지 못한 사람들은 스스로를 불행하다고 생각할 수밖에 없습니다. 가슴 아픈 일입니다.

이처럼 인간의 허영심은 바로 '높이에 대한 욕망'으로부터 시작될 수 있습니다. 전대미문의 화려한 문명 속에서 수많은 상품이 사람들의 욕망을 자극하고 있습니다. 욕망하는 것들을 가질 수 없을 때 대부분의 사람은 불안을 느낍니다. 명품 시장이 호황을 누리는 것도 사람들의 불안과 관련 있을 것입니다. 상품의 세련미 때문에 명품을 구매하는 사람들도 있겠지만, 자신의 가난을 감추고 싶어 혹은 다른 사람들에게 자신의 부를 이야기하고 싶어 명품을 구매하는 사람들이 더 많다고 합니다. 이런 맥락으로 본다면 명품은 풍요의 상징이면서 결핍의 상징이 되었다고 말할 수도 있겠습니다. 하지만 명품에 집착하는 사람들을 향해 삶의 진정한 가치를 모르는 사람들이라고 함부로 말할 순 없을 것입니다. 자신의 가난을 감추고 싶어 명품을 욕망하는 사람이 가난 때문에 당했던 상실의 기원을 그 누구도 가늠할 수 없기 때문입니다. 성형수술을 받는 사람들을 향해 허영심 가득한 외모지상주의의 희생자들이라고 말해서도 안 됩니다. 그들이 외모 때문에 겪었을지도 모를 열등감이나 소외감이나 차별을 그 누구도 가늠할 수 없기 때문입니다. 우리 사는 세상은 그런 짓을 하고도 남습니다. 허영심은 누군가로부터 무시당하지 않고 싶을 때 작동되는 인간의 자연스러운 감정이니까요.

물질만능주의와 외모지상주의는 인간의 허영심을 시시각각으로 자극합니다. 휴식을 취하려고 텔레비전 채널을 돌리는 그 사이사이에도 달콤하게 인간의 본능을 자극하고 있습니다. 치밀하고 우아한 계획을 세워 인간의 욕망을 자극합니다. 현대인들의 불신과 불안은 분명, 그들이 살아낸 시간의 상처와 맞닿아 있을 것입니다. 그 상처는 인간의 본원적 욕망이 만든 상처이기도 하겠지만 현대문명이 인간에게 입힌 상처도 많을 것입니다. 현대문명은 인간의 허영심을 부추긴 장본인이기도 합니다.

때때로 누군가에게 나를 과시하고 싶으실 때가 있으신지요? 저는 가끔씩 그럴 때가 있습니다. 전혀 의식하지 못한 채 자연스럽게 저를 과시한 적도 있고, 의도적으로 저를 과시한 적도 있고, 하고 나서 금세 후회했던 과시도 있었습니다. 나를 과시하고 싶은 마음을 단지 '허영심'으로만 해석할 수 있을까요? 아닌 것 같습니다. 나를 과시하고 싶은 마음속엔 작아 보이고 싶지 않은 자기 보호 본능이 깔려 있기 때문입니다. 나를 과시하고 싶은 마음속엔 상대에게 무시당하고 싶지 않은 자기 보호 본능이 깊이 깔려 있기 때문입니다. 그러니 '허영심'은 인간의 자연스러운 본성이라고 생각할 수 있습니다. 누구에게나 이런 마음 있지 않나요? 외모를 꾸밀 수도 있고, 자신의 상황이나 입장을 꾸밀 수도 있습니다. 그것이 다른 사람에게 피해를 주지 않는다면 문제 될 것 없지요. 자신을 꾸미고 싶은 마음, 때로는 정도 이상으로 자신을 꾸미고 싶은 마음은 인간 누구에게나 있을 것입니다. 허영심은 인간의 본성과 맞닿아 있기 때문입니다. 자기 자랑 같은 것은 절대로 하지 않는 사람들이나 겉모습을 분수에 맞지 않게 꾸미는 것은 사치일 뿐이라고 말하는 사람들은 '허영심'을 멸시와 조롱의 대상으로만 생각하는 경향이 있습니다. 정신 나간 사람으로 보일 만큼 지나치지만 않다면, 허영심 또한 인간의 자연스러운 본성인데도 말입니다.

짝짓기를 위해 최대한 자신을 꾸미는 자연계의 수컷들을 보십시오. 아름답고 화려하게 보여야만 암컷에게 선택을 받을 수 있으니, 수컷들은 지나친 허영을 부려서라도 자신을 최대한 꾸밀 수밖에 없습니다. 이러한 모습은 지금도 아프리카나 아마존 밀림에 사는 원주민들의 모습을 통해서 볼 수 있습니다. 그곳에 살고 있는 남성들은 여성들에 비해 자신의 몸에 더 많이 장식하고 더 많이 색칠합니다. 밀림 속에 사는 자연계의 수컷들처럼 말입니다. 이처럼 남자든 여자든 이성으로부터 선택을 받아야 한다는 운명 때문에, 정신적으로 혹은 육체적으로 자신을 아름답게 꾸미고 싶은 것입니다. 이러한 과정 속에서 허영심은 인간의 본성에 자연스럽게 녹아들어 갈 수밖에 없었습니다.

꿩의 수컷은 누가 봐도 아름다운 몸빛을 가지고 있습니다. 인간이 만든 색깔로는 부족해 꿩을 정확히 그릴 수 없다는 것을 꿩을 그려본 사람들은 실감할 수 있습니다. 수컷에 비해 꿩의 암컷은 몸빛이 초라하기 짝이 없습니다. 암컷의 몸빛은 참새와 같은 평범하고 단조로운 갈색으로 이루어졌습니다. 사냥꾼의 표적이 되는 것은 주로 화려한 몸빛을 가진 수컷입니다. 화려한 몸빛 때문에 사냥꾼 눈에 잘 띄는 것이지요. 갈색의 암컷은 눈에 잘 띄지 않습니다. 꿩의 수컷은 자신의 화려한 몸빛 때문에 생명을 잃을 수도 있는데 어째서 화려한 날개를 포기하지 않았을까요. 장구한 세월의 진화 과정 속에서 꿩의 수컷은 날개의 화려함을 버릴 수도 있었을 텐데 말입니다. 동물과 식물과 곤충 대부분은 자신을 지키기 위해 보호색을 만들 수도 있으니까요. 그것이 보통의 진화 방식입니다. 꿩의 수컷이 화려한 날개를 버릴 수 없었던 것은, 화려한 날개가 사냥꾼의 눈에 잘 띈다는 불리함도 있지만, 짝짓기를 해야 할 암컷의 눈에 띈다는 유리함도 있기 때문일 것입니다. 꿩의 수컷은 허영심 때문에 자신의 몸빛을 화려하게 만든 것이 아니라 종족 번식의 엄중한 질서를 수행하고 있을 뿐입니다. 인간도 단지 허영심 때문에 자신의 내면과 외면을 꾸미는 것이 아닙니다. 그 허영심은 종족 번식의 엄중한 질서를 수행하는 것일 수도 있고, 무시당하고 싶지 않은 자기 보호 본능과 같은 것일 수도 있고, 단지 어제보다 아름다워진 자신의 모습을 바라보며 행복을 느끼고 싶어서일 수도 있습니다.

이 대목에서 심리학자이자 정신분석가인 프로이트의 말은 의미심장하게 들립니다. 프로이트는 인간의 생각과 행동을 결정하는 것은 '성적 욕망'이라고 말했습니다. 남성의 여성을 향한 욕망, 여성의 남성을 향한 욕망, 바로 이것이 인간의 생각과 행동을 결정한다는 것입니다. 프로이트의 주장이 터무니없는 주장이 아니라는 것을 초등학생 정도면 어느 정도는 알게 됩니다. 불가능한 일이겠지만, 인간이 단지 남성 혹은 여성 하나의 성으로만 구성되어 있다면 문명은 지금처럼 화려한 문명이 되지 못했을 것입니다.

인간은 이성적이고 합리적이고 논리적이라고 말하는 사람들이 있습니다. 인간은 정말 이성적이고 합리적이고 논리적인가요? 다른 동물에 비해서는 이성적이고 합리적이고 논리적이라고 말할 수 있겠습니다. 인간은 때때로 이성적이고 합리적이고 논리적이라고 말할 수도 있겠습니다. 차라리 인간은 허영심으로 가득 차 있다고 말하는 편이 낫지 않은지요? 여러분의 생각은 저와 다를 수도 있겠습니다.

자본주의 사회를 살아가는 사람들은 의식적으로 혹은 무의식적으로 허영심을 가질 수밖에 없습니다. 인간의 허영심이 없었다면 인간에게 감동과 경탄과 활력을 주는 책이나 영화나 연극, 뮤지컬 같은 예술 작품들도 없었을지도 모릅니다. 모두가 그런 것은 분명 아니지만, 창작의 시작이 허영심으로부터 출발할 때가 많기 때문이다. 여러분에겐 한 치의 허영심도 없으신지요. 한 치의 허영심도 없다는 자의식, 어쩌면 그것 또한 모종의 허영심인지도 모릅니다.

인정받고 싶은 마음

"모두에게 인정받는 가수가 될 거예요. 반드시요."

제가 알고 있는 청년 중에 언젠가 저에게 이렇게 말한 청년이 있습니다. 그는 노래를 정말 잘했습니다. 지인들끼리 파티를 할 때면 사람들은 언제나 그에게 노래를 청했습니다. 그는 주저 없이 노래를 불렀고 앙코르는 당연한 순서였습니다. 그의 노래는 수많은 여인의 마음을 흔들어놓았습니다.

그는 방송국이나 가요제 등 여기저기에서 주최하는 노래 오디션에 참가했습니다. 불행히도 예선이나 본선에서 번번이 떨어지고 말았지만 그는 절망하지 않았습니다. 그는 취직할 생각도 하지 않았고 편의점에서 아르바이트를 하며 기회가 생길 때마다 오디션에 도전했습니다. 수년 동안 거의 모든 오디션에 참가했지만 그는 가수가 될 수 없었습니다. 마침내 어느 날, 그는 가수의 꿈을 접고 자동차 영업사원이 되었습니다.

그 후 그를 만났습니다. 그를 말없이 위로해주고 싶었습니다. 그는 쓸쓸한 표정을 지으며 제게 이렇게 말했습니다.

"노래 잘하는 사람들이 그렇게 많은 줄 몰랐어요. 저는 우물 안 개구리였어요. 솔직히 말씀드리면 저는 가수로서의 재능을 의심한 적이 없어요. 그런데 제가 아무리 저를 인정해도 다른 사람이 저를 인정해주지 않으면 소용없다는 것을 뒤늦게 깨달았습니다. 다른 사람에게 인정받지 못하면, 어느 순간 나조차도 나를 인정할 수 없는 사람이 된다는 것이 정말로 슬펐지만 그게 현실이니까 받아들일 수밖에 없었어요."

그의 쓸쓸한 고백을 듣고 저는 아무 말도 해줄 수 없었습니다. 다른 사람에게 인정받지 못하면 어느 순간 나조차도 나를 인정할 수 없는 사람이 된다는 그의 말이, 그 후로도 오랫동안 잊히지 않았습니다. 다른 사람들에게 인정받는다는 것은 이토록 중요한 것이었습니다. 앞에서 말씀드린 서울대 최인철 교수가 제시한 행복의 세 가지 조건 속에도 이것은 포함되어 있습니다. 다른 사람에게 인정받을 때 사람들은 비로소 행복을 느낄 수 있다는 것입니다.

지금은 연세가 많이 드셔서 잘 못하지만 예전에 저의 어머니는 가족들을 위해 여러 가지 음식을 만드셨습니다. 마을버스를 타고, 전철을 타고 먼 곳에 있는 청량리 시장을 다녀오셨습니다. 어머니는 음식을 만들어 자식들에게 나눠주시는 것을 행복으로 여겼습니다. 어머니는 음식이 완성되기까지의 복잡하고 까다롭고 힘겨운 과정을 자식들과 며느리에게 하나부터 열까지 세밀하게 말했습니다. 짐작컨대 음식을 만들기 위해 자신이 얼마나 고생했는지를 말하고 싶은 거였습니다. 어머니는 자신의 노고를 인정받고 싶었던 것입니다. 시시콜콜 말하지 않으면 자신의 고생을 알아주는 사람이 없으니 서운했겠지요. 사람은 누구나 인정받고 싶어하니 어머니의 마음을 충분히 헤아릴 수 있었습니다. 고생한 것 몰라준다고 어머니가 혼자 서운해하는 것보다 차라리 고생한 과정을 세밀히 말해주는 게 더 나았습니다. 그러나 솔직히 말씀드리면 어머니가 자신의 고생을 굳이 자식들과 며느리에게 꼭 말해야 하는 건가, 하는 생각도 들었습니다. 사랑은 소리 없이 가 닿을 때 가장 아름다우니까요. 그러나 이해할 수 없는 것은 아니었습니다.

어머니에 비해 아버지의 사랑은 언제나 말이 없었습니다. 아버지는 소리 없이 가족들을 배려했습니다. 결혼 전 부모님과 함께 살 때 아버지는 단 하루도 빠짐없이 자식들의 구두를 닦아놓았습니다. 아버지가 닦아놓은 구두엔 아침에도 별빛이 총총했습니다. 아버지는 그것에 대해 단 한 번도 말한 적이 없습니다. 제가 결혼한 후엔 텃밭에서 따온 상추와 고추와 열무를 커다란 봉지에 담아 저의 집 문고리에 매어두고 가시기도 했습니다. 먹기 좋도록 텃밭 우물가에서 깨끗하게 다듬은 것들이었습니다. 아버지는 그것에 대해서도 한마디 말이 없었습니다. 자식들에게 나눠줄 음식을 만들기 위해 아픈 어머니를 대신해 멀리 있는 시장을 다녀오기도 했는데 그것에 대해서도 아무 말이 없었습니다. 비가 내려도 동네 할머니들 모여서 편히 쉬시라고 자신의 비용을 들여 산자락 아래 천막을 만들어준 것에 대해서도 아버지는 말하지 않았습니다. 물건을 살 때도 가급적 형편이 어려운 좌판으로 갔고, 물건 값을 절대로 깎지 않았으며, 덤으로 주는 것도 받아 오지 않은 것에 대해서도 아버지는 한마디 말이 없었습니다. 어머니의 사랑보다 아버지의 소리 없는 사랑은 자식들과 며느리에게 더 많은 감동을 주었습니다. 제 마음속에 조금의 사랑이라도 있다면 그것은 아버지께 배운 사랑이라고 저는 생각했습니다.

그런데 어느 날 아버지에 대한 조금 다른 생각을 하게 되었습니다. 아버지는 자신이 베푼 사랑에 대해 아무런 말씀도 하시지 않았는데 신기하게도 저는 그것을 다 알고 있었습니다. 제가 그것을 어떻게 알게 되었을까요? 아버지가 한 일을 어머니가 모두 말해주었기 때문입니다. 문득 이런 생각이 들었습니다. 아버지가 한 일을 어머니가 말해주지 않았다면, 어쩌면 아버지가 말했을지도 모른다는 생각이 들었습니다. 어머니가 모두 말해주니 아버지는 굳이 말할 필요가 없었는지도 모릅니다. 물론 저의 추측일 뿐입니다. 자신이 칭찬받을 만한 일을 했을 때 그것을 누군가에게 말하고 싶어지는 것이 보통 사람의 마음입니다. 인정받고 싶은 것은 인간의 본성일 테니까요.

숭실대 남정욱 교수는 신문 칼럼에 이런 글을 썼습니다.

"오른손이 하는 일을 왼손만 모르고 세상 모든 사람이 다 알 수 있도록."

인간의 마음을 제대로 파고든 빛나는 통찰입니다. 오른손이 하는 일을 왼손이 모를 리 없지요. 오른손과 왼손은 하나의 지체니까요. 그럼에도 불구하고 오른손이 하는 일을 왼손이 모르게 하라는 뜻은, 누군가를 돕는다는 생각에 우쭐거릴 수 있으니 자신의 마음을 경계하라는 뜻입니다. 누군가를 도울 때 실제로 그런 마음이 생길 수도 있기 때문입니다. 그런데 '세상 모든 사람이 다 알 수 있도록'이라는 말이 재밌습니다. 우쭐거릴 수 있는 자신의 마음은 경계하되 자신이 선행을 하는 괜찮은 사람이라는 것을 다른 사람들에겐 알려야 한다는 것입니다. 그래야만 다른 사람들에게 인정받을 수 있고, 그들의 마음도 얻을 수 있다는 것이지요. 소리 없이 사랑을 베푸는 것도 아름다운 것이지만, 자신이 베푼 사랑을 소리 내어 말하는 것도 나쁘지 않은 것 같습니다. 여러분은 어떻게 생각하시는지요?

아무에게도 인정받을 수 없다면 행복할 것 같지 않습니다. 사람들을 화나게 하는 것은 아무도 그를 인정해주지 않을 때라고 합니다. 다른 사람의 마음을 얻고 싶으신지요? 가급적 많이 그를 인정해주십시오. 그를 인정해주는 것은 그가 살아갈 이유를 주는 것이고, 동시에 그의 마음을 얻을 수 있는 좋은 방법입니다. 인정해줄 것이 없다면 유심히 찾아보아도 좋을 것 같습니다. 아무리 못난 사람에게도 한두 가지쯤은 인정해줄 것이 있지 않을까요.

여러분께 한 가지 여쭙겠습니다. 나비와 나방 중 누가 더 예쁜가요? 물으나 마나겠지요. 여러분 중에 나비보다 나방이 예쁘다고 말하는 사람은 거의 없을 것입니다. 나비가 나타났을 때와 나방이 나타났을 때의 풍경은 완전히 다릅니다. 나비가 나타났을 때 나비를 가만가만 따라가는 사람들도 있지만, 나방이 나타났을 때 사람들은 질색합니다. 나비를 바라보며 사람들은 시를 쓰거나 조심조심 다가가 사진을 찍기도 합니다. 그러나 나방이 나타나면 깜짝 놀라 비명을 지르는 사람도 있고 울면서 엄마 품으로 달려가는 아이들도 있습니다.

사람들은 왜 나방을 싫어할까요? 여러 가지 이유가 있겠지만, 징그럽기 때문이라고 말하는 사람들이 많습니다. 하지만 다시 곰곰이 생각해보면 나방이 징그럽게 느껴지는 한 가지 분명한 이유가 있습니다. 나방이 나비를 닮았기 때문입니다. 나방이 무시당하는 이유는 나비를 닮았는데 나비가 아니기 때문입니다. 나비를 닮았는데 나비보다 훨씬 못생겼기 때문에 나방이 천대받는 것입니다. 나비인 줄 알았는데 나비가 아니라 나방이라는 것을 알았을 때의 일종의 배신감 같은 것이 나방을 더욱 징그러운 것으로 만들었는지도 모릅니다. 나방이 나비를 닮지 않고 차라리 사마귀를 닮았거나 뱀이나 지렁이나 지네를 닮았더라면 나방은 지금보다 천대받지는 않았을 것 같습니다.

하지만 나방은 절망하지 않았습니다. 나방은 미움받고 천대받으면서도 수억 년 동안 생태계 최하위층에서 나비와 함께 면면이 자신의 생을 이어왔어요. 만약에 나방이 자신의 모습을 나비와 비교하며, 나는 왜 이런 모습으로 태어났을까, 라고 절망했다면 나방은 그토록 오랜 시간 동안 자신의 생을 이어오지 못했을 것입니다. 나방에겐 자신을 기다려줄 수 있는 힘이 있었던 것입니다. 나를 기다려준다는 것은 무엇일까요? 지금 내 모습이 못마땅해도 언젠가는 멋진 모습이 될 거라 믿으며 나를 기다려주는 것. 지금 내 눈앞에 도저히 넘을 수 없을 것 같은 장벽이 있다 해도 언젠가는 그 장벽을 반드시 넘을 수 있을 거라 믿으며 나를 기다려주는 것. 지금 내게 쉽사리 고쳐지지 않는 잘못된 성격이나 습관 같은 것이 있다 해도 언젠가는 고칠 수 있을 거라 믿으며 나를 기다려주는 것. 그것이야말로 용기 있는 자만이 가질 수 있는 진정한 믿음 아니겠습니까? 인정받기 위해 필요한 것은 노력하며 나를 기다리는 것이 아닐까 생각합니다. 여러분의 생각은 어떠신지요?

무례함

여러분은 철학자 비트겐슈타인을 좋아하시는지요?

"말할 수 없는 것들에 대해선 차라리 침묵해야 한다."

비트겐슈타인은 그의 첫 번째 저작인 『논리철학 논고』에서 이렇게 말했습니다. 그는 군에 자원해서 전쟁터로 갔고, 수년 동안 전쟁을 용감히 수행하며 『논리철학 논고』를 완성했습니다. 그는 행동하는 철학자였습니다. 그는 '종교'와 '윤리'와 '인간의 내면'을 말할 수 없는 것으로 규정했고, 이것에 대해서는 누구도 함부로 말해서는 안 된다고 그의 저작에 밝혔습니다. '말할 수 없는 것의 소중함'을 존중하라는 의미일 것입니다.

여러분은 누군가의 성격이 참 세심하다고, 쿨하다고 말한 적이 있으신지요? 혹은 누군가의 성격이 쪼잔하다고, 지랄맞다고, 방정맞다고, 말한 적은 없으신지요? 우리는 다른 사람의 성격에 대해서 곧잘 칭찬을 늘어놓거나 험담을 늘어놓습니다. 비트겐슈타인의 생각은 우리와 달랐습니다. 그는 인간의 내면은 함부로 말할 수 없는 것이라 했으니까요.

우리는 이렇게 말하기도 합니다. "그 사람 말이야, 심성이 착한 줄로만 알았는데 아주 못됐어. 실망이야." 혹은 "그 사람 보기와는 다른 사람이야. 겪어보니까 사람이 아주 진국이야." 추측컨대 비트겐슈타인이라면 이런 말도 하지 않았을 것 같습니다. 그는 인간의 내면에 대해서 함부로 말하지 말라고 했으니까요. 사람에 대한 우리의 직감이나 생각은 얼마든지 틀릴 수 있습니다. 그래서 인간의 내면에 대해서 함부로 말해서는 안 된다고 비트겐슈타인이 말한 것 같습니다. 인간의 내면엔 우리가 함부로 말할 수 없는 어떤 것이 있다는 것입니다. 인간의 한쪽 면만 보고 누군가 그에 대해 이러쿵저러쿵 함부로 말할 수 없다는 것이지요.

"언어 너머에 있는 맥락을 보라."

비트겐슈타인은 그의 두 번째 저작인 『철학적 탐구』에서 이렇게 말했습니다. 언어는 한 가지 의미로만 사용되는 것이 아니므로 언어 너머의 맥락을 볼 수 있어야 한다는 뜻입니다. 누군가의 말을 한 가지 의미로만 해석하면 소통의 장애가 생길 수 있다는 것입니다.

여러 해 전 서울에 있는 모기업에 강연을 갔던 적이 있습니다. 강연 후 다른 일정이 있어 제 아내도 함께 갔습니다. 강연을 마치고 저를 초대한 대표이사를 잠시 만났습니다. 나이 지긋한 대표이사는 빙긋이 웃으며 제 아내에게 이렇게 말했습니다.

"이런 남편하고 힘들어서 어떻게 사세요?"

아내는 아무 말 없이 웃기만 했습니다. 당황스럽기도 하고 민망하기도 했지만 저도 웃을 수밖에 없었습니다. 강연 시간에 말한, 제가 질병으로 아팠던 시절의 삶의 내용이 대표이사가 듣기엔 몹시 고통스러워 보였던 모양입니다. 고통스러웠던 저의 삶이 제

아내도 힘들게 했을 거라고, 대표이사는 생각했던 모양입니다. 저의 힘겨운 삶이 아내를 힘들게 했던 것은 사실입니다. 그래서 제가 더 민망했던 것입니다. 강연 시간에 저에 관해 이야기한 것을 금세 후회했습니다. 그날 밤 저는 아내에게 이렇게 말했습니다.

"낮에 만났던 대표이사란 사람 말이야, 좀 무례하다는 생각이 들었어."

"왜?"

"말을 좀 함부로 하는 것 같아서. 그 사람이 당신한테 '이런 남편하고 힘들어서 어떻게 사세요?'라고 했잖아. 그 말 듣는데 얼굴이 화끈거리더라고. 당신도 당황하는 것 같던데. 아니었어?"

아내는 동의할 수 없다는 듯한 표정을 지으며 뜻밖의 말을 했습니다.

"아니. 전혀 당황하지 않았는데. 그분이 그렇게 말한 건 당신을 칭찬한 거잖아."

"……칭찬? '이런 남편하고 힘들어서 어떻게 사세요?'라는 말이 칭찬하는 말이야?"

"헐……. '이런 남편하고 어떻게 사세요?'를 그대로 해석하면 안되지. 설마 그분이 자기가 강연에 초대한 사람을 면전에서 그런 식으로 욕했겠어? 글 쓰는 사람이 그 정도도 해석 못하면 어떡해."

"그럼 그 말을 어떻게 해석해야 하는데?"

"'이런 남편하고 힘들어서 어떻게 사세요?'라는 말은 '이런 남편하고 살아서 얼마나 좋으세요?'라고 해석해야지. 내 귀엔 그렇게 들리던데. 내 말이 맞을 거야. 반어법이잖아. 반어법 몰라?"

"……."

저는 고개를 갸웃거렸을 뿐 더 이상 말하지 않았습니다. 대표이사가 한 말이 아내의 말대로라면 제가 오해한 거였습니다. 시간이 많이 지난 지금 생각해보면 아내의 말이 맞는 것 같습니다. 얼마전 그 기업에 세 번째 강연을 다녀왔거든요. 아무리 보아도 대표이사는 자신의 마음을 그런 식으로 말하는 사람이 아니었습니다.

다른 사람의 말에 대한 우리의 해석은 자의적일 때가 많습니다. 다른 사람의 말을 우리 멋대로 해석할 때가 많다는 것이지요. 그래서 비트겐슈타인은 언어 너머의 맥락을 보라고, 우리에게 주문한 것 같습니다. 같은 언어지만 서로 다른 맥락을 가진 단어가 많은데, 한 가지 의미로만 해석하면 오해의 소지가 생긴다는 것입니다. 실제로 우리의 실생활 속엔 그런 오해가 흔히 일어납니다.

제가 무례하다고 생각했던 대표이사가 실제로 무례한 사람이 아니었던 것처럼 여러분이 무례하다고 생각했던 사람이 실제로는 무례한 사람이 아닐 수도 있습니다. 누군가의 말이나 행동을 우리 멋대로 해석해, 그가 무례하다고 잘못 생각할 수도 있다는 것입니다. 물론 실제로 무례한 사람들이 우리 주변엔 얼마든지 있습니다만…….

여러분께 비트겐슈타인의 생각 한 가지를 더 말씀드리려고 합니다. 비트겐슈타인은 또 이런 말을 했습니다.

"모든 사람은 자신만의 고유한 언어 규칙을 가지고 있다."

공감이 가는 말입니다. 직업에 따라 고유한 언어 규칙도 있고, 사람에 따라 고유한 언어 규칙도 있는 것 같습니다. 군인들이 사용하는 고유한 언어 규칙을 생각하시면 이 말이 금세 이해되실 것 같은데요.

우리는 때때로 "그 사람은 말을 참 함부로 해"라고 말합니다. 그런데 당사자는 자신이 말을 함부로 한다고 생각하지 않을 때도 많다고 하네요. 말을 함부로 한다는 것을 스스로 인정하고 싶지 않아 모르는 척하는 돼먹지 못한 사람도 분명 있을 것입니다. 그러나 다른 사람이 볼 땐 분명히 말을 함부로 하는 사람인데, 정작 그 자신은 그 사실을 전혀 모르는 경우도 얼마든지 있다고 합니다.

제 아내에게 "이런 남편하고 힘들어서 어떻게 사세요?"라고 말했던 기업의 대표이사는 말을 함부로 한 것이 아니라 자신만의 고유한 언어 규칙을 가지고 있었던 셈입니다. 여러분 주변엔 무례하지 않지만 무례한 말투를 가진 사람이 없으신지요?

그렇다면 사람들은 어째서 자신만의 고유한 언어 규칙을 갖게 되는 것일까요? 설익은 생각일 수도 있지만 저의 생각을 말씀드리겠습니다. 모든 사람의 말 속엔 '그가 살아온 환경'과 '삶의 방식'과 '현재성'이 개입되는 것 같습니다.

삶의 환경은 인간의 내면에 절대적인 영향을 끼친다고 합니다. 인간의 성격은 타고나는 부분도 있지만, 상당 부분은 그가 살아온 환경에 의해 결정된다고 합니다. 누군가가 성장 과정에서 부모로부터 많은 억압을 받았다면 그는 자존감이 낮을 가능성이 높습니다. 그가 어릴 적에 부모로부터 폭력을 당했거나 폭력적인 부모

밑에서 자랐다면 그는 폭력적인 사람이 될 가능성이 높습니다. 그가 성장 과정에서 사랑을 많이 받았다면 그는 비교적 긍정적인 성격을 가질 가능성이 높고, 그가 멸시와 푸대접을 받고 자랐다면 그의 성격은 거의 틀림없이 부정적일 가능성이 높습니다. 인간의 언어와 성격 속엔 그의 상처가 고스란히 들어 있습니다. 사람의 고유한 언어 규칙은 이와 같은 모습으로도 형성되는 것이지요.

누군가의 성격에 '유난히'라는 말이 붙어 있다면 그는 상처받은 사람일 가능성이 높습니다. 예를 들면 유난히 잘난 체가 심해 다른 사람을 불쾌하게 만드는 사람이 있다면 그에겐 말 못할 상처가 있을 가능성이 높습니다. 어릴 적 누군가로부터 무시당했던 상처 같은 것 말입니다. 어릴 적 부모로부터 몹시 심한 억압을 받았던 상처 같은 것 말입니다. '지나친 자신감'은 '열등감'과 맞닿아 있을 때가 많다는 것이지요. 사람은 때때로 자신의 '열등감'을 감추기 위해서 '지나친 자신감'을 보인다는 것입니다.

누군가의 유난스러운 성격이나 행동이 그의 상처 때문이라는 것을 알게 되면, 좀 더 너그럽고 유연하게 그를 바라볼 수도 있습니다. 그러한 의미에서 심리학자 카를 구스타프 융의 통찰은 의미심장합니다.

"정신은 과거의 흔적이 남긴 그림을 그릴 수밖에 없다. 하지만 동시에 다가올 것들의 윤곽을 같은 그림 속에 그릴 수밖에 없다."

"정신은 과거의 흔적이 남긴 그림을 그릴 수밖에 없다"는 말은 어떤 의미일까요? 우리의 정신은 우리가 과거에 겪은 것들의 영향을 받을 수밖에 없다는 뜻으로 해석됩니다. 우리의 정신 속엔 과거에 겪은 폭력과 억압과 모욕과 열등감이 고스란히 남아 있다는 것입니다. 과거에 겪었던 부정적인 것들은 과거 속으로 그냥 사라지는 것이 아니라, 우리의 현재 속에도 지문처럼 선명히 남을 수밖에 없다는 뜻으로 해석됩니다. 물론 과거에 겪었던 긍정적인 것들의 영향도 같은 의미로 해석될 것입니다.

"정신은 과거의 흔적이 남긴 그림을 그릴 수밖에 없다. 하지만 동시에 다가올 것들의 윤곽을 같은 그림 속에 그릴 수밖에 없다."

여기에서 "하지만 동시에 다가올 것들의 윤곽을 같은 그림 속에 그릴 수밖에 없다"는 말은 또 어떤 뜻일까요? 저는 이 말의 의미를 "우리의 정신은 과거에 우리가 겪은 것들의 영향을 받을 수밖에 없다. 하지만 동시에 우리의 미래 또한 과거에 우리가 겪은 것들의 영향을 받을 수밖에 없다"로 해석했습니다. 과거에 우리가 겪은 상처는 우리의 현재에도 강력한 영향을 끼치고, 우리의 미래에도 강력한 영향을 끼친다는 것입니다. 예를 들면, 한 어린아이가 또래 집단으로부터 심각한 따돌림을 당해 상처와 불안이 깊었다면, 그의 무의식 속에 각인된 어린 시절의 상처와 불안은 단지 그의 어린 시절에만 머무는 것이 아니라 그가 청년이 되었을 때도 계속되고, 노년이 되었을 때도 계속된다는 것입니다. 전쟁에 참여한 군인들 중엔 불꽃놀이를 볼 수 없는 사람들도 꽤 있다고 합니다. 저절로 탄성이 터져 나오는 밤하늘의 아름다운 불꽃이 두려워 눈을 감아버리는 사람들이 있다는 것입니다. 폭죽 소리가 두려워 귀를 막아야 하는 사람들이 있다는 것입니다. 이와 같이 지난 시절에 받은 상처와 불안은 여러 가지 형태의 정신장애로 나타나 그의 평생을 지배한다고 합니다. 얼마나 끔찍한 일인가요.

여러분께 지금까지 드린 말씀을 정리하면 두 가지네요. 첫 번째는 우리가 무례하다고 느낄 수 있는 누군가의 말은 실제로 무례한 것이 아니라 그의 삶이 그에게 만들어준 일종의 언어 규칙일 수도 있다는 것입니다. 조금은 거슬릴 수도 있고, 때로는 많이 거슬리기도 하겠지만, 다른 사람의 말하는 방식을 그의 고유한 언어 규칙으로 인정해주면 그에 대한 반감은 훨씬 줄어들 것입니다. 그가 실제로 무례한 사람이라면 굳이 그를 이해하려고 애쓸 필요 없을 것 같습니다. 아무리 이해하려고 해도 도무지 이해할 수 없는 사람들이 정말로 있거든요. 그런 사람을 어쩌겠습니까? 앓느니 죽는 게 낫지요.

두 번째는 지나친 결벽증이 있거나, 지나치게 자신을 앞세우거나, 지나치게 바른말을 잘하거나, 지나치게 잘 토라져서 때때로 우리를 당황스럽게 만들기도 하고 불쾌감을 주기도 하는 누군가의 '유난스런 모습'이 있다면, 그의 그러한 행동이 그의 깊은 상처와 맞닿아 있다고 생각하셔도 좋을 것 같습니다. 우리가 알지 못하는 그의 상처가 그를 그렇게 조정하는 것이라 생각하고 좀 더 따뜻한 마음으로 그를 바라봐도 좋을 것 같습니다. 새로운 친구를 만드는 것은 훨씬 어려우며, 새로운 친구 또한 완벽할 리 없을 테니까요. 만일 지나치게 자신을 앞세우는 사람이 바로 나라면, 지나치게 바른말 잘하는 사람이 바로 나라면, 혹은 지나치게 잘 토라지는 사람이 바로 나라면, 그것이 내 마음을 불편하게 한다면, 좀 더 너그럽게 나를 바라봐도 좋을 것 같습니다. 지난날의 상처가 만든 것이니 나도 어쩔 수 없는 것입니다. 내가 내 손을 잡아주지 않으면 아무도 내 손을 잡아주지 않습니다. 내가 내 손을 잡아줄 때 다른 사람도 내 손을 잡아주기 때문입니다.

다른 사람들에게 나는 어떤 사람일까요? 지극히 평범한 사람일 거라고, 장담할 수 없을지도 모릅니다. 나는 무난한 성격을 가졌다고, 장담할 수 없을지도 모릅니다. 내가 보는 '나'는 실제의 '나'와 얼마든지 다를 수 있으니까요. 다른 사람의 상처를 감싸주는 것은 나의 상처를 치유하는 가장 좋은 방법일지도 모릅니다. 물론 나의 상처를 먼저 돌보아야 함은 당연한 순서겠지요.

옆면에 있는 그림은 '겨울나무'를 그린 것입니다. 나무는 혹독한 겨울을 견디기 위해 자신의 마음을 불꽃으로 채워야 했습니다. 우리도 마찬가지 아닐까요? 혹독한 세상을 견디기 위해 우리 안에 만들어 놓은 크고 작은 불꽃들을 때로는 너그럽게 봐주어야 하지 않을까요?

비판

"음식을 골고루 먹어야 건강해집니다."

어린 시절부터 지금까지 수도 없이 들었던 말입니다. 음식을 골고루 먹으라는 말이 무슨 말일까요? 건강해지려면 몇 가지 음식만 먹지 말고 여러 가지 음식을 골고루 먹어야 한다는 뜻이겠지요. 건강해지려면 좋아하는 음식만 골라 먹지 말고 싫어하는 음식도 골고루 먹어야 한다는 뜻입니다. 입맛에 맞는 반찬만 골라 먹으면 건강에 해로울 수 있다는 것이지요. 내 입맛에 맞는 반찬만 골라 먹는 건 편식이기 때문입니다. 편식은 분명히 건강을 해칩니다.

건강에 유익하다면 입맛에 맞지 않는 음식도 먹어야 하는 것처럼 인간관계도 비슷한 것 같습니다. 내 입맛에 맞는 사람만 곁에 둘 수 없으며, 내 입맛에 맞는 사람만 내게 유익을 줄 수 있다고 말할 수도 없을 것 같습니다.

우리는 어떤 사람과 교제하는 게 좋을까요? 나를 아껴주는 사람과 교제하면 좋을 것 같습니다. 혹은 내가 아껴줄 수 있는 사람과 교제해도 좋을 것 같습니다. 서로 아껴주는 사람이 제일로 좋겠네요.

나를 아껴주는 사람은 어떤 사람일까요? 언제나 나를 믿어주고, 언제나 나를 격려해주며, 언제나 나를 배려하고, 언제나 나를 칭찬하는 사람이 나를 아껴주는 사람일까요? 우리 대부분은 그렇지 않다고 대답할 것입니다. 나를 진심으로 사랑하지만 때때로 나를 위해 애정 어린 비판도 해주는 사람이 진정으로 나를 아끼는 사람이라는 것을 우리는 잘 알고 있기 때문입니다. 나의 잘못을 바로잡을 수 있도록 넌지시 진심을 다해 말해주는 사람이 있다면, 그도 나를 아끼는 사람이라고 말할 수 있습니다. 그러나 실제로 누군가의 진심 어린 비판을 받아들이긴 쉽지 않습니다. 받아들이는 척하지만 인정하긴 어렵습니다. 아주 오랜 시간이 지난 뒤에야 비로소 인정하게 되는 경우도 있습니다. 사람들 대부분은 다른 사람의 비판을 자신에 대한 '적의'나 '반감'이나 '질투' 같은 것으로 쉽게 해석해버리기도 합니다.

여러분도 누군가의 비판을 두려워하시는지요? 솔직히 말씀드리면 저는 다른 사람의 비판이 많이 두렵습니다. 진심 어린 비판이라면 단지 두려워할 일만은 아닌데도 말입니다. 나를 자극하고 긴장시키는 것이 없을 때 나는 발전을 멈출 수도 있습니다. 인류 역사상 가장 큰 제국을 만들었던 로마가 멸망한 것도 부패한 로마의 권력에 대해 질문을 던질 수 있는 사람이 아무도 없었기 때문이라고 합니다. 나의 생각 혹은 나의 결과물을 비판하는 사람이 있다 해도 그것을 불편하다고만 생각하지 말아야 할 것 같습니다. 누군가 내게 던진 비판들 중엔 마음에 담아야 할 비판이 반드시 있을 테니까요. 올바른 비판이 없으면 성장도 없습니다.

비판보다 더 무서운 건 침묵하는 사람들입니다. 마음속으로만 나를 비웃고 깔보고 조롱하는 사람들입니다. 실제로 그런 사람들 많습니다. 웃음 속에 비판의 칼날을 감추고 있는 사람들은 어쩌면 나의 시간이 허물어지는 것을 기다리고 있는 사람들인지도 모릅니다. 내가 볼 수 없는 곳에서 나를 향해 손가락질 하는 사람들이지요.

평판이 좋다는 말이 모두에게 '좋은 사람'이라는 것을 의미하진 않을 것입니다. 인간의 본성은 모두에게 좋은 사람을 허락하지 않을 테니까요. 모두에게 좋은 사람은 아무에게도 좋은 사람이 아닐지도 모릅니다.

이 책의 앞쪽에서 붉은 늑대 그림을 통해 말씀드린 것처럼 모두에게 '좋은 사람'이 되려는 사람은 자신의 억눌린 감정을 폭발시킬 소수의 희생양을 찾아 나설 수밖에 없습니다. 희생양은 대부분 그의 가족이거나 자신보다 약한 사람들일 가능성이 높습니다. 그러므로 우리가 정말로 경계해야 할 사람은 항상 친절하고 공손하며, 자기 자신보다 다른 사람을 언제나 먼저 배려하는 사람들일지도 모릅니다. 우리가 정말로 경계해야 할 사람은 모두에게 '좋은 사람'이 되고 싶은 사람일지도 모릅니다. 불만도 누르고, 이기심도 누르고, 치미는 화도 누르고, 모든 사람에게 '좋은 사람'이 설령 있다 해도 그것은 겉치레일 가능성이 높습니다. 인간의 본성을 거스르는 것이니 오래가지도 못할 것입니다. 무엇보다도 자신을 먼저 배려하지 않고 자신을 먼저 사랑하지 않는 사람이 어떻게 다른 사람을 배려하고 다른 사람을 사랑할 수 있겠습니까?

'좋은 사람'이 된다는 것은 얼마나 어려운 일인가요? '좋은 사람'이 되려면 우선 모두에게 좋은 사람이 되겠다는 생각을 버려야 할지도 모릅니다. 앞에서도 말씀드렸지만 모두에게 '좋은 사람'이 된다는 것은 불가능에 가까운 것 같습니다. 좋은 사람이 되려면, 사랑하는 이를 위해 진심 어린 비판도 할 수 있어야 하며, 사랑하는 이의 진심 어린 비판도 받아들일 수 있어야 할 것 같습니다. 누군가를 향한 비판의 내용이 나도 가지고 있는 허물이라면, 그것을 진심 어린 비판이라 말할 수 있겠습니까? 언젠가 제 아이의 허물을 실컷 말하고 나서 제 방으로 돌아와 보니 제가 가진 허물과 다르지 않아 부끄러웠던 적이 있습니다. 어쩌겠습니까, 부끄러움을 느꼈으니 다행인 것이지요.

충고와 비판은 분명 다른 것이라 생각합니다. 충고 속엔 우월감이 들어 있는 경우가 많지만, 진심 어린 비판 속엔 상대에 대한 염려가 들어 있는 경우가 많기 때문입니다. 비판과 비난은 완전히 다른 것인데, '비판'을 '비난'으로 해석하는 경우가 많다고 합니다. 진심 어린 비판은 손가락질과 다른 것이지요. 비판 같은 건하고 싶지도 않고 받고 싶지도 않다고 말하는 사람들도 있지만, 인간의 내면 깊숙이 숨어 있는 비판의 속성을 어떻게 감출 수 있겠습니까? 하지만 다른 사람을 향해 매사에 비판만 일삼는 사람이 있다면 그의 말을 무시해도 괜찮지 않을까요? 마음이 꼬인 사람에게 올바른 비판력이 있겠습니까.

지인 중에 음식점을 시작한 사람이 있습니다. 어느 날 그가 말했습니다.

"주변 사람들은 먹어보고 모두 맛있다고 하는데 손님들은 오지 않아."

뭐라 말해주어야 할지 난감했습니다. 말할 수 없었지만 음식 맛이 그저 그랬습니다. 동화를 쓰는 지인이 저에게 이렇게 말한 적도 있습니다.

"주변 사람들은 책 내용이 좋다고, 아주 감동적이라고 말하는데 책은 팔리지 않아. 희한한 일이야. 우리나라 사람들 정말로 책안 읽어. 정말로 문제야 문제."

이때도 조금은 난감했습니다. 책 내용은 좋았지만 모두가 좋아할 만한 새로운 이야기는 아니었기 때문입니다. 주변 사람들이 맛있다고 말하는 음식은 맛있는 음식이 아닐 수도 있습니다. 주변 사람들이 감동적이라고 말하는 책은 감동적인 책이 아닐 수도 있고요. 내 주변 사람들 대부분은 내가 만든 음식에 대해 혹은 내가 쓴 글에 대해 냉정한 평가를 내릴 수 없기 때문입니다. 냉정하게 평가하는 주변 사람들도 있을 테니 물론 예외도 있을 것입니다. 그러나 제대로 된 평가는 내가 아는 주변 사람들보다는 내가 모르는 사람들로부터 올 수 있다고 저는 생각합니다. 저의 경우도 그랬으니까요. 제가 쓴 글에 대한 주변 사람들의 평가에 귀를 기울였던 적이 있습니다. 모두 좋다고 말하니 그저 좋은 줄로만 알았습니다. 제가 쓴 글의 문제점을 발견하게 되는 시기는 한참 후일 때가 많았습니다. 글을 쓰는 동안은 자신이 만든 진리 속에 빠져 있을 때가 많거든요. 그러니 문제점이 보일 리 없습니다.

오래전 일입니다. 저의 두 번째 작품인 『연탄길』에 관한 말씀을 잠시 드리겠습니다. 『연탄길』 원고는 출판사로부터 3년 동안 다섯 번이나 거절당했습니다. 그 후 오랫동안 원고를 고쳤고 원고 내용과 조화로울 수 있는 30여 장의 그림까지 그려 넣은 후 여섯 번째 출판사에서 비로소 책으로 출간될 수 있었습니다.

『연탄길 1.2.3』이 430만 독자의 사랑을 받을 수 있었던 것은 아마도 다섯 번의 거절이 있었기 때문일 것입니다. 다섯 번의 거절이 없었다면 출판사 담당자로부터 혹은 다른 사람들로부터 원고에 대한 문제점을 듣지 못했을 테니, 『연탄길 1.2.3』의 원고는 현재만큼의 내용을 담을 수 없었을 것입니다. 저의 재능이 아무리 보잘것없다 해도 다섯 번의 거절이 있었기 때문에 저는 제가 가진 재능의 최대치까지 끌어올릴 수 있었습니다. 제가 쓴 원고의 문제점을 누군가가 말해줄 때마다 마음은 몹시 아팠지만, 의미 있는 그들의 의견을 반영하며 원고 내용은 점점 더 좋아질 수 있었습니다. 나 혼자만 좋아하는 글이 아니라 다른 사람도 공감할 수 있는 글이 좋은 글일 테니까요.

누군가의 진심 어린 비판을 통해서만 비로소 깨닫게 되는 것이 있습니다. 아픔의 시간을 통해서만 깨닫게 되는 것이 있다는 것입니다. 카를 구스타프 융은 그것을 '어둠의 빛'이라 말했습니다. 오직 어둠을 통해서만 인도되는 빛이 있다는 것입니다.

"태양을 바라보고 살아라. 너의 그림자를 못 보리라"라고 말했던 헬렌 켈러는 칭찬만 받고 싶어 하고, 인정만 받고 싶어 하는 인간의 마음을 질타하고 싶었던 것인지도 모릅니다. 헬렌 켈러가 하고 싶은 말은, 칭찬만 받으려고 하는 자는 자신의 모습을 정직하게 바라볼 수 없다는 것 아닐까요?

누군가를 비판해보신 적이 있으신지요? 혹은 누군가의 비판을 받아보신 적이 있으신지요? 올바른 비판은 역사와 개인을 발전시킵니다. 그러니 마음 아파도 받아들여야 할 비판이 있는 것이지요. 나를 비판했던 사람들의 얼굴이 떠오르시는지요? 나를 비판했던 사람들 중엔 진실로 나를 사랑했던 사람들이 있었음을, 나의 발전을 진심으로 소망했던 사람들이 있었음을 우리는 기억해야 할 것 같습니다. 학문의 목적은 올바른 비판 정신을 기르기 위해서라는 말도 있으니, 비판을 험담쯤으로 받아들인다면 나의 발전은 멈출 수도 있겠네요. 여러분은 어떻게 생각하시는지요?

"당신의 마음이 책입니다. 당신이 읽어야 할 유일한 책은 당신의 마음입니다."
어느 날, 제가 아는 철학자로부터 들었던 어떤 스님의 말입니다. 이 말이 여러 날 동안 잊히지 않았습니다. 마치 제게 하는 말처럼 들렸기 때문입니다.

함께 살아가는 사람들의 마음을 얻고 싶다면, 그리하여 함께 살아가는 사람들의 마음을 섬세히 읽고 싶다면 "당신의 마음이 책입니다. 당신이 읽어야 할 유일한 책은 당신의 마음입니다"라는 말을 기억해도 좋을 것 같습니다. 다른 사람의 마음을 읽고 싶다면, 먼저 내 마음을 읽어야 한다는 것이겠지요. 내 마음도 읽지 못하는 사람이 어찌 다른 사람의 마음을 읽을 수 있겠습니까. 미술사에 남은 화가들이 어째서 자신들의 초상화를 그토록 많이 그렸는지 알 것 같습니다. 그들이 그린 자신의 초상화는 자신을 바라보기 위한 '비판의 거울'이었는지도 모릅니다.

폭력성

"사람들이 악하다고 말하지 마세요. 근처에 있는 바늘을 찾으면 됩니다."

프랑스의 명민한 철학자 알랭의 말입니다. 무슨 뜻일까요? 악한 사람을 만나면 근처에서 바늘을 찾아 공격하면 된다는 뜻일까요? 그런 뜻이 아니었습니다. 악해 보이는 누군가가 있다면, 그를 찔러 악하게 만든 바늘이 그 근처에 있을 거라는 뜻입니다. 악한 사람이 있다면 그를 악하게 만든 사람이 주변에 있거나 그를 악하게 만든 상황이 주변에 반드시 있다는 뜻입니다. 아무리 선한 사람도 누군가 다가와 바늘로 찌르고 또 찌르면 악한 사람이 될 수 있다는 거였습니다. 처음부터 악한 자는 별로 없다는 것이지요. 그를 찔러 악하게 만든 바늘이 있다는 것이지요. 인간의 폭력성은 이유 없이 만들어지는 것이 아니라는 것입니다. 누군가에게 폭력성이 있다면 반드시 이유가 있다는 것입니다. 치밀어 오르는 화 때문에 자신을 잃어버렸던 경험이 있는 사람은 철학자 알랭의 말을 금세 이해할 수 있습니다.

때때로 우리가 화났을 때 우리를 찌른 바늘이 있었다고 생각하며, 우리 자신을 위로해도 좋을 것 같습니다. 누군가 우리에게 화를 내거나 또는 우리 곁을 떠났을 때, 우리 손에 그를 찔렀던 바늘이 있었던 것은 아닌지 우리 자신을 돌아보아도 좋을 것 같습니다.

얼룩말은 왜 선 채로 잠을 자야 할까요? 사슴이나 영양은 어째서 바람이 불어오는 쪽을 향해 얼굴을 두고 잠들어야 할까요? 곰곰이 생각하지 않아도 우리는 그 이유를 이미 알고 있습니다.

사람이 화날 때마다 입에서 불을 뿜어낸다면 가장 먼저 죽을 사람은 누구일까요? 어쩌면 가족인지도 모릅니다. 소중히 보살펴야 할 사람이 가족인데도 말입니다.

"순한 사람이 화나면 더 무서워."

여러분들도 이런 말 들어본 적이 있으신지요? 추측컨대 여러 번 들어보셨을 것 같습니다. 단지 들은 것이 아니라 주변 사람 중에 그런 사람이 있을지도 모르겠습니다. 어쩌면 여러분이 바로 그런 분이실지도 모르겠네요. 저의 경험을 비추어봐도 순한 사람이 화나면 더 무섭다는 말은 사실인 듯합니다. 순한 사람은 좀처럼 화내지 않으니까 어쩌다 화를 내면 더 무서워 보이는 것일지도 모릅니다. 순한 사람은 치밀어 오르는 화를 참고 또 참다가 한번에 폭발시키는 것이니 강도가 더 커 보이는 것인지도 모르겠습니다. 제가 여러분께 말씀드리고 싶은 것은, 아무리 순한 사람도 화낼 수 있다는 것입니다. 정도의 차이일 뿐 사람은 누구나 폭력성을 가지고 있다고 합니다.

많은 사람들이 자신은 친절한 사람이라고 착각하고 있다고 합니다. 실제로는 친절하지도 않은데 말입니다. 자신의 기분 좋은 상태를 친절이라고 착각하는 사람들이 많다는 C. S. 루이스의 말은 일리 있는 말입니다. 살다 보면 기분이 아주 좋은 날이 있고, 기분이 아주 나쁜 날이 있습니다. 여러분이 외출하는데 지하철에서 한 어린아이가 엄마 품에 안겨 큰 소리로 울고 있다고 가정해

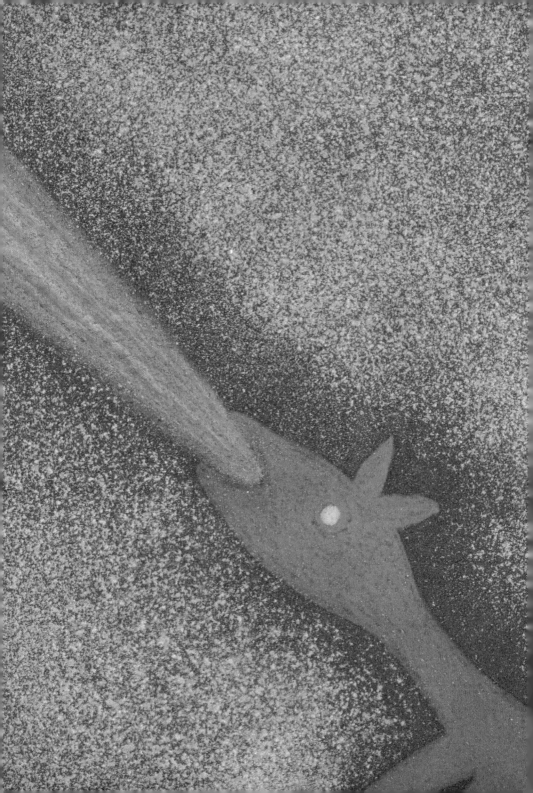

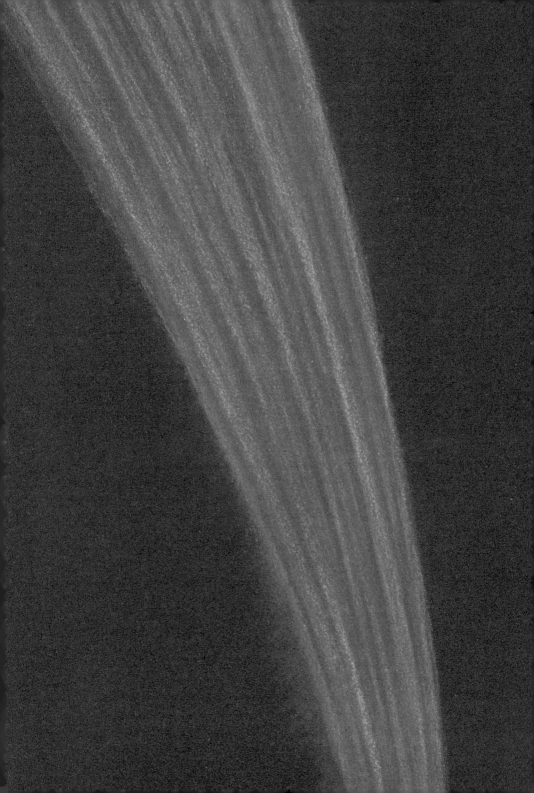

보겠습니다. 여러분이 아이의 울음소리 때문에 몹시 짜증이 났다면 아마도 기분이 좋지 않은 날일 가능성이 높습니다. 반대로 기분이 좋은 날이었다면 짜증스럽게 울고 있는 아이의 모습을 보고 빙긋이 웃었을지도 모릅니다. 기분 좋은 날, 사람들은 더욱 관대해지고 친절해지며 공손해집니다. 기분 좋을 때만 친절한 사람이 된다면 진짜로 친절한 사람이라고 말할 수는 없습니다. 자신의 기분과 전혀 상관없이 친절한 사람이 진짜로 친절한 사람이겠지요. 하지만 그러긴 쉽지 않을 것입니다. 인간은 감정의 지배를 받는 동물이기 때문입니다. 그럼에도 불구하고 자신의 기분과 상관없이 친절한 사람이 진짜로 친절한 사람이라는 말은 분명 맞는 말입니다. 여러분은 진짜로 친절한 사람인가요. 아니면 기분 좋을 때만 친절한 사람인가요. 곰곰이 생각해본 적이 있는데 저는 기분 좋을 때만 친절한 사람인 것 같습니다. 기분이 좋지 않은 날은 가급적 다른 사람들과 말을 하지 않거든요. 기분이 좋지 않은 날은 가급적 애인도 만나지 않는 것이 좋다는 어느 철학자의 말을 충분히 공감합니다. 기분이 좋지 않은 날, 사람들은 평소보다 예민해지고 공격성과 폭력성이 강해지며 냉소적으로 변하기 때문입니다.

아동학대가 심각한 사회문제가 되고 있습니다. 물론 아동학대는 어제 오늘의 문제가 아닙니다. 놀라운 건 아동학대 가해자의 80퍼센트가 부모라는 것입니다. 아동학대 중 8.7퍼센트는 어린이집이나 복지시설에서 행해진다고 하니 이것도 놀라운 일입니다. 자신의 아이를 대신해 죽을 수도 있는 것이 부모의 마음인데 아동학대 가해자의 80퍼센트가 부모라니 참 놀라운 것이지요. 어린 아이의 부모가 가장 믿고 맡길 수 있는 시설이 어린이집이나 복지시설일 텐데 바로 그곳에서 그렇게 많은 아동학대가 행해지고 있다는 것도 끔찍한 일입니다.

왜 이런 일이 일어날까요? 그것은 인간이 가지고 있는 폭력성 때문입니다. 폭력에도 여러 종류가 있습니다. 육체적인 폭력이 있고, 정신적인 폭력이 있고, 말을 통한 언어폭력도 있습니다. 어느 것이 더 폭력적이라 말할 수 없을 만큼 폭력은 누군가에게 크나큰 상처가 됩니다.

앞에서 말씀드린 폭력 외에도 다양한 종류의 폭력이 있습니다. 어린 자식들 앞에서 허구한 날 싸움질 하는 부모는 자식에게 직접적인 폭력을 가하지 않았다 해도 그것 못지않은 폭력을 가한 것입니다. 어린아이를 불안에 떨게 하는 것은 무서운 폭력입니다. 한 가정의 아버지가 자신의 아이들을 가장 사랑하는 방법은 아이들의 엄마를 사랑하는 것이라는 누군가의 통찰은 그래서 의미심장합니다. 크든 작든, 누군가에게 피해를 주었다면 거짓말도 폭력이고, 누군가의 진지한 이야기를 무시하듯 흘려듣는 것도 폭력입니다. 상대방의 입장은 생각하지 않고 오직 자신의 기준으로만 상황을 해석하는 것도 폭력입니다. 약속을 제멋대로 취소하는 것도 폭력이고, 사전 통보 없이 약속 시간에 많이 늦는 것도 누군가의 소중한 시간을 빼앗는 것이니 폭력입니다. 자신의 건강을 돌보지 않아 가족들의 마음을 아프게 하는 것도 폭력입니다. 툭하면 삐치는 소심한 성격도 누군가에겐 폭력이 될 수 있고, 오직 자신의 입장만 생각하는 것도 폭력입니다. 무심코 한 나의 말이나 행동이 누군가에게 폭력이 될 수도 있으니, 어느 누구도 폭력으로부터 자유로울 수 없습니다. 나 때문에 상처받은 사람들의 숫자는 내가 생각하는 것보다 훨씬 많을 수도 있습니다. 이처럼 인간은 크고 작은 폭력을 나누며 살아갑니다.

심지어는 자기 자신을 향한 폭력성도 무시무시합니다. 나에 대해서 가장 많은 험담을 하고, 나를 가장 많이 깔보고 조롱하는 사람은 다른 사람이 아니라 바로 '나'인 경우가 많다고 합니다. 여러 분은 스스로를 깔본 적이 단 한 번도 없으신지요? 저는 여러 번 있습니다. 나를 가장 사랑한 것도 나였지만 내게 가장 큰 상처를 준 것도 바로 나였음을 어느 날 알게 되었습니다. 하지만 폭력성 또한 인간 안에 내재되어 있는 본성과도 같은 것이니 어찌할 수 없는 것입니다. 다시는 폭력적인 말이나 폭력적인 행동을 하지 않겠다고, 누군가를 향해 혹은 자신을 향해 굳게 맹세하는 사람들도 있지만, 그 맹세는 지켜지지 않을 때가 많습니다. 인간의 폭력성은 인간의 의지만으로 쉽게 없어지는 것이 아니기 때문입니다.

'폭력성'은 나의 '무의식' 속에 살고 있는 짐승입니다. 그 짐승은 분명히 내 안에 살고 있는데, 어디에 살고 있는지, 어떻게 생겼는지, 언제 어떻게 내 안으로 들어온 것인지, 나는 알지 못합니다. 추측할 뿐이지요. 분명한 것은 내 안에 살고 있는 짐승이 내 안에서만 고요히 사는 게 아니라는 것입니다. 적절한 상황을 만나면, 즉 내 안의 짐승을 자극하는 적절한 상황이 생기기만 하면, 그 짐승은 곧바로 내 밖으로 나온다는 것입니다. 그리고 나를 가지고 노는 것이지요. 그 순간 나는 내가 아니고 짐승이 되는 것입니다.

불행하게도 인간의 폭력성은 그가 살아낸 시간을 닮는다고 합니다. 간단히 말씀드리면 그에게 가해진 폭력의 시간만큼 그는 폭력적일 수 있다는 것입니다. 지난날 그가 받은 상처만큼 그는 폭력적으로 변할 수 있다는 것입니다. 그러한 이유로 지난날의 상처는 단지 지난날의 상처가 아니라 현재의 상처이며 동시에 미래의 상처라는 것입니다. 어린 시절 뇌 속에 각인된 충격이 어른이 되어 나타나는 경우도 있다고 하네요. 과거는 지나간 시간이 아니라는 윌리엄 포크너의 말은 그런 의미에서 의미심장합니다.

'가해자'는 동시에 '피해자'인 경우가 많습니다. 누군가에게 폭력을 가한 '가해자'가 있다면, 그보다 앞서 그 '가해자'에게 폭력을 가한 또 다른 '가해자'가 있다는 것입니다. 만일 내가 폭력적이라면 나에게 폭력을 가한 사람이 분명히 있다는 것입니다. 부모가 폭력적인 사람은 대부분 폭력적이며 그 폭력은 그의 자식에게까지 대물림되는 경우가 많다고 합니다.

어느 날, 지하철에서 마종기 시인의 시집 『우리는 서로 부르고 있는 것일까』를 읽고 있었습니다. 시집 속에서 한 문장을 만났을 때 눈물이 핑 돌았습니다. 다음의 문장입니다.

아프지 진심만으로 살고 있다는 증거야

이 한 줄을 읽는데 눈물이 난 이유를 처음엔 저도 몰랐습니다. 하지만 잠시 후 늙으신 저의 어머니 때문에 눈물이 난 것임을 알게 되었습니다. 바로 그날 아침이었습니다. 저희 집 근처에 사는 어머니께 갔었습니다. 어머니는 여느 때처럼 처음부터 끝까지 아프다는 말만 늘어놓았습니다. 그날따라 이런저런 일로 잔뜩 짜증이 나 있던 터라 조금은 불편한 목소리로 어머니께 핀잔하듯 말했습니다.

"엄마는 자식 만날 때마다 늘 아프다는 말만 하고 싶으세요. 10분을 만나면 10분 동안 아프다는 말만 하시고, 1시간을 만나면 1시간 동안 아프다는 말만 하시거든요. 엄마 만나면 늘 우울해져요. 어쩌다 한 번만이라도 아프시다는 말 좀 안 하시면 안 되나요?"

어머니는 저를 향해 미안하다고, 늙으니까 아프다는 말밖에 안 나온다고 말하셨습니다. 어머니께 그렇게 말한 것을 금세 후회했지만, 자식 만날 때마다 아프다는 말만 늘어놓는 어머니가 이해되었던 것은 아니었습니다.

어머니 집을 나와 지하철을 타고 시내로 나가는 동안 마음이 내내 불편했습니다. 나이 먹고 다시 아이가 되어버린 어머니에게 잔뜩 불평을 늘어놓은 제가 마음이 편할 리 없었습니다. 늙고 병든 어머니 가슴을 아프게 했을 테니 저의 말은 분명한 폭력이었습니다. 불편한 마음을 잊으려고 마종기 시인의 시집 『우리는 서로 부르고 있는 것일까』를 꺼내 읽었는데, 바로 그때 만난 문장이 "아프지 진심만으로 살고 있다는 증거야"이었습니다. 이 문장에서 눈물이 나왔던 이유는 이렇습니다. 시인의 말을 저는 이렇게 해석했습니다. 시인이 저에게 "당신이 지금 어떤 사람 때문에 마음이 아프다면, 그를 향한 진심이 있기 때문이야"라고 말해주는 것 같았습니다. "만일 당신이 지금 어머니에게 핀잔준 것 때문에 마음이 아프다면 어머니를 향한 진심이 있기 때문일 거야"라고, 시인이 제게 말해주는 것 같아, 저도 모르게 눈물이 나온 것입니다. 여러분도 이런 경험이 있으신지요. 가족이나 친구나 애인이나 직장 동료 때문에 마음 아파했던 적이 있으신지요. 그렇다면 틀림없이 그들을 향한 진심이 있기 때문일 것입니다. 그들을 향한 진심이 없다면, 그들 때문에 마음 아파할 일도 없었을 테니까요.

집으로 돌아와 산 너머에 살고 계신 어머니를 생각했습니다. 가을도 아닌데 산 빛은 왜 그리 붉었는지요.

내게 크고 작은 상처를 주었던 누군가가 떠오르시는지요. 용서할 수 없다면 용서하지 마십시오. 강물은 자신의 길을 흘러갈 뿐 자기가 지나친 강변의 나무와 풀꽃의 이름을 모두 기억하지 않으니까요. 다만 기억해야 할 것은 우리는 폭력의 피해자이면서 가해자일 수도 있다는 것입니다. 상처를 주고받을 수밖에 없는 인간의 운명 앞에서 때때로 우리가 겸손해져야 하는 이유입니다. 내게 상처를 준 사람을 기억하시는지요? 내가 상처를 준 사람을 기억하시는지요?

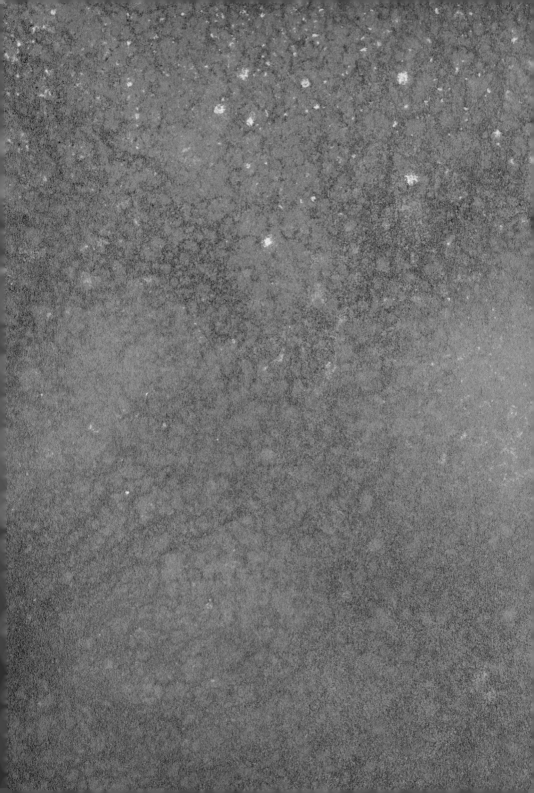

무엇을 선택할 것인가

무엇을 선택할 것인가

우리는 지금까지 인간의 '질투'와 '배신'과 '변덕'과 '배은망덕' 그리고 '이기심'과 '이중성'과 '속물근성' 그리고 '허영심'과 '인정받고 싶은 마음'과 '무례함'과 '폭력성'에 대해서 생각해보았습니다. 이것들은 모두 '인간의 본성'과 '인간의 감정'에 관계된 단어들입니다.

앞에서 하나하나 살펴본 바와 같이 우리는 '인간의 본성'과 '인간의 감정'을 경계해야 합니다. 그래야만 분별력을 가질 수 있기 때문입니다. 자신의 이익에 따라 배신도 하고 상황의 유불리에 따라 마음을 바꾸기도 하는 '인간의 본성'과 '인간의 감정'을 경계하지 않으면 우리는 단 한 번의 실수로 다시는 일어설 수 없을 만큼 절망에 빠질 수도 있습니다. '인간의 본성'과 '인간의 감정'을 경계하지 않으면 단 한 번의 잘못된 판단으로 나를 보살펴줄 수 있는 소중한 사람을 잃을 수도 있습니다.

아울러 우리는 '인간의 본성'과 '인간의 감정'을 긍정해야 합니다. 그래야만 사람의 마음을 얻을 수 있습니다. 우리가 만일 다른 사람을 깔보거나 질투한다면 우리 곁에 남을 사람은 아무도 없습니다. 또한 '인간의 본성'과 '인간의 감정'을 깔본다면 우리는 나 자신을 혐오해야 할지도 모릅니다. 나 또한 내가 싫어하는 사람의 모습을 가지고 있을 때가 많기 때문입니다.

주일 예배 시간 목사님을 통해 들은 재밌는 이야기가 있어 결론 부분의 예화로 사용하려고 합니다. 한 여자가 다이어트 결심을 한 뒤 냉장고 안에 비키니 입은 아름다운 모델의 사진을 붙여놓았다고 합니다. 그녀는 음식을 먹고 싶어 냉장고 문을 열 때마다 멋진 몸매를 가진 모델의 사진을 보며 자신의 식욕을 달랬습니다. 그녀에게 냉장고 속 사진은 좋은 다이어트 도구가 돼주었습니다. 하지만 문제는 그녀의 남편에게 생겼습니다. 그녀의 남편은 아내가 냉장고 안에 붙여놓은 비키니 입은 아름다운 모델의 사진이 보고 싶을 때마다 냉장고 문을 열었습니다. 모델의 사진이 아내에겐 다이어트 도구가 되었지만 남편에겐 성적 호기심을 채우는 도구로 사용되었던 것입니다. 아내는 점점 날씬해졌는데 남편은 점점 뚱뚱해졌습니다. 남편이 뚱뚱해진 이유를 짐작하실 수 있는지요. 남편은 아내가 냉장고 속에 붙여놓은 비키니 입은 모델 사진을 자주 보고 싶었는데 사진만 보고 냉장고 문을 닫을 수 없으니 냉장고 문을 열 때마다 뭐라도 꺼내 먹어야 했던 것입니다. 그러니 남편은 시간이 지날수록 더욱 뚱뚱해질 수밖에 없었던 것이지요. 사진 한 장의 역할은 비슷했지만 결과는 정반대였지요. 비키니 입은 모델의 사진 한 장도 누가, 어떤 목적으로 사용하느냐에 따라 결과는 이렇게 달라질 수 있습니다.

비키니 입은 모델 이야기와 같은 맥락의 다른 이야기 하나를 더 말씀드리겠습니다. 아파트와 같은 공동주택에서 살다 보면 층간 소음의 문제가 심각하다는 것을 느낄 수 있습니다. 심한 갈등으로 서로 말다툼을 벌이기도 하고 폭행 사고로 이어지기까지도 합니다.

할머니 혼자 사는 한 아파트에서 실제로 있었던 일입니다. 할머니가 사는 집 바로 위층에 홀로 사는 할아버지가 있었습니다. 할아버지의 걸음 소리가 몹시 컸던 모양입니다. 할아버지가 거실을 오갈 때마다 들려오는 쿵쿵거리는 소리가 할머니 귀에 몹시 거슬렸을 것입니다. 할머니가 위층으로 올라가 할아버지를 향해 발걸음 소리 좀 작게 해달라고, 아래층에서 들으면 방해받을 정도로 몹시 크게 들린다고 말했을 거라고 추측해볼 수도 있을 것 같습니다. 위층에서 쿵쿵거리는 소리가 몹시 불편했지만 할머니는 참고 살았는지도 모르겠습니다. 분명한 것은 할아버지가 거실을 걸을 때마다 쿵쿵거리는 소리가 할머니가 살고 있는 아래층으로 또렷이 들렸다는 것입니다.

어느 날부터인가 위층 사는 할아버지의 걸음 소리가 들리지 않았습니다. 하루가 지나고 이틀이 지나도 할아버지의 걸음 소리는 들리지 않았습니다. 할머니는 위층에서 들려올지도 모르는 소리에 이전보다 민감하게 귀를 기울였습니다. 아무래도 이상했습니다. 일주일이 넘도록 할아버지의 걸음 소리가 들리지 않았습니다. 할머니는 불길한 예감이 들어 경비실에 전화를 걸었습니다.

"나는 705호 사는데 우리 집 위층 805호에 사시는 할아버지의 발걸음 소리가 일주일이 넘도록 안 들려요. 불길한 생각이 들어 전화했으니 괜찮으신지 한번 가주세요. 만일 안에서 인기척이 없으면 밖에서 문을 따고서라도 들어가보는 게 좋을 것 같아요. 노인네 혼자 살고 있으니 무슨 변 당했을지도 모르잖아요. 부탁합니다."

할머니의 전화를 받고 경비 아저씨는 곧바로 할아버지가 살고 있는 805호로 갔습니다. 아무리 초인종을 눌러도 인기척이 없었습니다. 할머니의 말이 생각나 경비 아저씨는 밖에서 문을 열고 들어갈 수 있도록 조치를 취했습니다. 잠시 후 문을 열고 들어가보니 거의 죽음에 이른 할아버지가 보였습니다. 아래층 사는 할머니의 관심으로 죽음 직전의 빈사 상태에 놓여 있던 할아버지가 극적으로 살아날 수 있었습니다.

그렇다면 위층에서 들려오는 쿵쿵거리는 소리는 할머니에겐 두 개의 의미가 될 수 있었던 것입니다. 물론 특별한 경우입니다만, 층간 소음이 이웃 간의 갈등을 유발하기도 했지만, 이웃의 생명을 구하기도 했습니다. 할머니에게 위층에서 들려오는 층간 소음은 귀에 거슬리는 것이기도 했지만, 누군가 살아 있다는 신호이기도 했던 것입니다. 층간 소음이라는 똑같은 상황에서 정반대의 결과가 나온 것입니다. 층간 소음도 누가, 어떻게 해석하느냐에 따라 결과는 이렇게 달라질 수 있습니다.

앞에서 말씀드린 이야기와 같은 맥락으로 우리가 함께한 이야기의 끝을 맺으려고 합니다. 저는 지금까지 여러분께 '인간의 본성'과 '인간의 감정'에 관한 말씀을 드렸습니다. 결론을 맺기 위해 우리가 살펴본 '인간에 대한 열두 개의 생각'을 다시 한 번 순서대로 나열해보겠습니다. '질투'와 '배신'과 '변덕'과 '배은망덕'과 '이기심'과 '이중성'에 대해 살펴보았고요. '속물근성'과 '허영심'과 '인정받고 싶은 마음'과 '무례함'과 '비판'과 '폭력성'에 대해서도 살펴보았습니다.

앞에서 말씀드린 이야기를 간단히 정리하면, 정도의 차이일 뿐 인간은 질투할 수 있고, 배신할 수도 있고, 변덕을 부릴 수도 있으며, 또한 다른 사람의 은혜를 잊어버릴 수도 있고, 이기적이며 이중성과 속물근성을 가질 수도 있다는 것입니다. 정도의 차이일 뿐 인간은 누구나 허영심을 가지고 있으며, 인정받고 싶어 하며, 무례함과 비판적인 성향과 폭력성을 가지고 있다는 것입니다.

'인간에 대한 열두 개의 생각'은 우리 마음속에 깔아놓는 철로와도 같은 것인지도 모릅니다. 바꾸어 말씀드리면 '인간의 본성'과 '인간의 감정'은 우리의 마음 깊은 곳에 철로를 깔아놓습니다.

유사한 상황에 놓였을 때 우리는 그 철로 위를 다시 달릴 수밖에 없습니다. 기차가 달릴 수 있는 길은 운명적으로 철로뿐이기 때문입니다. 물론 마음속에 깔려 있는 철로의 수는 열두 개 이상일 수도 있고 이하일 수도 있겠습니다.

이러한 인간에 관한 통찰은 앞에서 말씀드린 냉장고 속에 붙여놓은 비키니 입은 모델의 사진처럼 두 개의 용도로 사용될 수 있습니다. 냉장고 속에 붙여놓은 비키니 입은 모델의 사진은 아내를 날씬하게 만들었습니다. 이와는 반대로 비키니 입은 모델의 사진은 남편을 뚱뚱하게 만들었습니다. 비슷한 예로 층간 소음은 이웃 간의 갈등을 만들었습니다. 이와는 반대로 층간 소음은 죽을 수밖에 없었던 이웃을 살리기도 했습니다.

앞에서 말씀드린 '인간에 대한 열두 개의 생각' 또한 두 개의 의미로 사용될 수 있습니다. 그중 하나는 나를 위로하거나 변명하거나 합리화시키는 도구로 사용할 수 있다는 것입니다. 이를테면 이기적인 내 모습 때문에 너무 마음 아파하지 말고, 누군가를 질투하는 내 모습을 바라보며 자신을 비하하지도 말아야 한다는 것이지요. 도무지 어찌할 수 없는 사정으로 누군가를 배신했거나 변덕을 부렸다 해도 자신을 지나치게 부끄러워하지 않았으면 좋겠다는 것입니다. 이중성이라는 두 개의 얼굴을 가질 수밖에 없는 삶의 상황을 낯설어하지 않기를 바라며, 자신에게 속물근성이 보인다 해도 그것을 지나치게 혐오하지 않았으면 좋겠다는 것입니다. 자신의 허영심을 깔봐서도 안 되며, 인정받고 싶어 하는 자신의 마음을 소중히 보살피고, 무례함과 폭력성을 지닌 자신의 모습 때문에 절망하지 않았으면 좋겠다는 것입니다.

이와는 반대로, 앞에서 말씀드린 '인간에 대한 열두 개의 생각'을 타인을 이해하는 소통의 도구로 사용할 수도 있습니다. 이를테면 타인의 이기적인 모습 때문에 지나치게 마음 상하지 말아야 하고, 타인이 설령 나를 질투한다 해도 그가 여전히 나의 친구임을 의심하지 말아야 한다는 것입니다. 타인의 배신으로 상처받았다면 그 언젠가 나의 배신으로 상처받은 사람은 없었는지 돌아보아야 한다는 것입니다. 아울러 사람을 잘못 본 자신의 안목도 돌아보아야 할 것입니다. 누군가의 변덕스러운 마음에 상처받았다면 그 언젠가 나의 변덕으로 상처받았을 누군가를 생각해야 합니다. 누군가의 이중성을 보았다고 해서 겉과 속이 다른 사람이라고 함부로 속단해서도 안 된다는 것입니다. 누군가의 말과 행동

속에 속물근성이 가득해도 그를 함부로 얕잡아봐서도 안 된다는 것입니다. 누군가의 허영심을 멸시하거나 조롱하지 말아야 하며, 인정받고 싶어 하는 상대의 마음을 세심히 살펴 작은 일도 인정해주고, 지나친 것만 아니라면 상대의 무례함과 폭력성까지도 때로는 품어야 하겠습니다. 그들 대부분은 그러한 단점과 함께 장점도 함께 지닌 사람들이니까요. 우리와 마찬가지로 말입니다. 물론 우리 주변엔 눈 씻고 봐도 장점은 한 가지도 없고 단점만 가득한 사람들도 있습니다. 구제불능을 어쩌겠습니까.

호랑이는 호랑이의 모습으로, 여우는 여우의 모습으로, 양은 양의 모습으로 살아갑니다. 마찬가지로 사람은 사람의 모습으로 살아갈 뿐입니다. 앞에서도 말씀드린 것처럼 '인간의 본성'과 '인간의 감정'은 우리의 마음 깊은 곳에 철로를 깔아놓았습니다. 이런저런 상황을 만났을 때 우리는 마음의 혼란을 겪으며 어쩔 수 없이, 우리 안에 만들어진 '인간의 본성'과 '인간의 감정'이란 철로 위를 또다시 달릴 수밖에 없습니다. 물론 예외는 있겠지만 세월이 지나도 사람은 쉽게 변하지 않는 것 같습니다. 저를 보아도 그렇고 제 주변 사람들을 보아도 그렇습니다. 마음 깊은 곳에 철로를 깔아놓았으니 달릴 수 있는 건 오직 기차뿐이겠지요.

지금까지 말씀드린 인간에 대한 열두 개의 생각들이 나를 이해하기 위한 수단으로, 그리고 타인을 이해하기 위한 수단으로 모두 사용될 수 있기를 소망합니다. 숱한 사연으로 마음 깊은 곳에 상처를 가지고 살아가는 사람들이 이 책을 통해 위로받을 수 있기를 바랍니다. 이런저런 사건으로 감정의 골이 깊어진 사람들이 이 책을 통해 조금이라도 관계를 회복할 수 있기를 바랍니다.

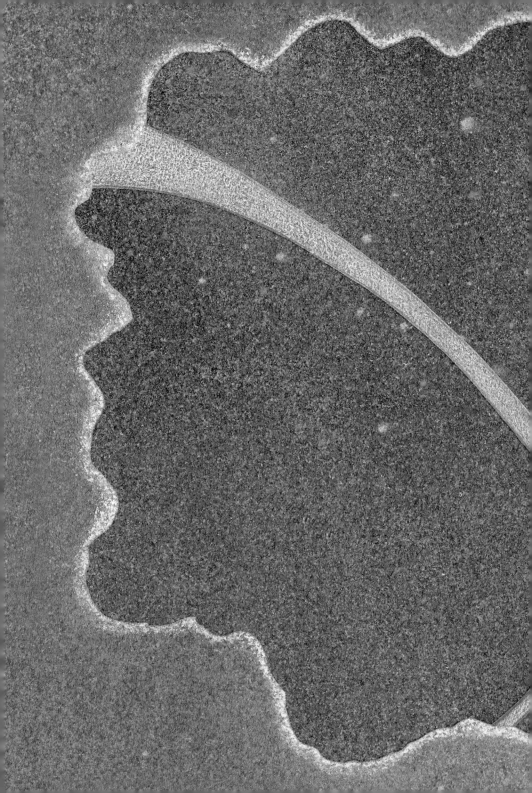

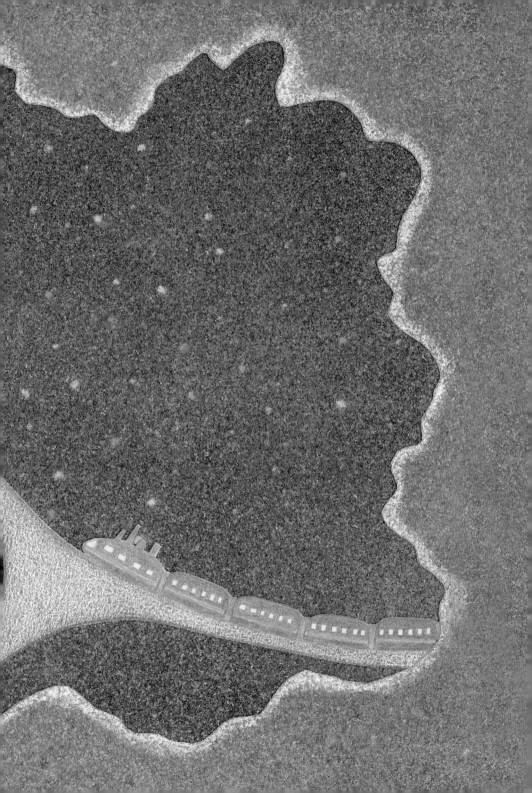

인간의 영토를
넓힐 수 있는 건
'사랑'이다

제 이야기를 하려니 조금은 민망하지만 이 책의 말미에서 제게 있었던 이야기를 들려드리고 싶습니다. 허물 많은 제가 사랑의 의미를 배울 수 있었던 건 가족과 친구가 있었기 때문입니다.

제겐 두 명의 딸이 있습니다. 저는 딸아이들에게 꽃을 자주 사다줍니다. 페트병을 잘라 만든 꽃병에 꽃을 꽂아 딸아이들이 없을 때 책상 위에 몰래 놓아주었습니다. 어떤 날은 노란 프리지어를 놓아주고 어떤 날은 빨간 튤립을 놓아주었습니다. 어떤 날은 장미나 국화를 놓아주기도 했습니다. 딸아이들은 제게 고맙다는 말을 하지 않았습니다. 물론 저도 딸아이들에게 꽃에 대해 말한 적이 없습니다.

딸아이들이 힘들어 보일 때나 시험 기간 동안에는 편지를 써서 책상 위에 몰래 놓아주기도 했습니다. 편지지에 봄이나 가을에 말린 예쁜 양지꽃이나 패랭이꽃이나 과꽃을 붙여주기도 했습니다. 어떤 날은 편지지에 색연필로 조그만 그림을 그려주기도 했습니다. 편지 끝에 만 원짜리 한 장을 붙여주는 것도 잊지 않았습니다. 기분이 아주 좋은 날은 두 장이나 세 장을 붙여주기도 했습니다.

딸아이들은 제가 하는 말을 진지하게 들어줍니다. 잔소리까지도 진심으로 들어주는 것 같았습니다. 제가 하는 말이 항상 맞는 말도 아닐 테고, 특별한 설득력을 가진 것도 아닐 텐데, 딸아이들은 제 말에 진심으로 고개를 끄덕여주는 편입니다. 화난 마음을 주체하지 못하고 억지를 부린 적도 있었을 텐데 딸아이들은 대체로 다소곳이 말을 들어주었습니다. 물론 성질내며 반항한 적도 여러 번 있습니다만 저는 딸아이들에게 늘 고마웠습니다.

딸아이들이 제 말을 진지하게 들어주는 이유가 무엇일까 생각해본 적이 있습니다. 제 생각이 틀릴 수도 있지만 한 가지 짐작 가는 것이 있었습니다. 딸아이들 책상 위에 놓여 있는 꽃들이, 딸아이들에게 아빠 말을 진심으로 들어야 한다고, 네 책상에 거의 매일 같이 꽃도 놓아주지 않았느냐고, 말해주는 것 같았습니다. 딸아이들이 책상 안에 모아둔 아빠의 편지와 말린 꽃들과 색연필 그림들이 딸아이들에게 아빠 말을 진심으로 들어야 한다고, 아빠는 네가 기쁘거나 슬플 때마다 너에게 편지를 써주지 않았느냐고, 말해주는 것 같았습니다. 또한 편지와 함께 붙여준 만 원짜리 속 세종대왕님께서 딸아이들에게 얼마나 많은 말씀을 해주셨겠습니까. 물론 이 모든 것들은 앞에서 말씀드린 것처럼 저의 추측일 뿐입니다.

홧김에 딸아이에게 공연한 억지를 부린 날은, 딸아이 방문 앞에 서서 말했습니다.

"방 안에 있지? 아빠가 방문 열지 않고 그냥 밖에서 사과할게. 아빠가 억지 부려서 미안하다. 아빠도 실수할 수 있으니 네가 이해해라. 다음부턴 그러지 않을게……."

큰 딸아이는 제가 방문 밖에서 말하는 이유를 알았을 것입니다. 제 목소리에 담겨 있는 미세한 떨림을 느낄 수 있는 섬세한 아이니까요. 인간의 영토를 넓힐 수 있는 건 '사랑'이었습니다. 인간의 영토를 넓힐 수 있는 건 '사랑의 기억'이었습니다.

별도 따줄 수 있었다

　하루는 야간 산행을 하려고 앞산으로 갔습니다. 밤 11시에 집을 출발했습니다. 그렇게 늦은 시간에 야간 산행을 하는지 궁금해하시는 분이 있을 것 같습니다. 생각보다 무섭지 않습니다. 달빛 환한 날의 산행은 경이롭기까지 합니다. 캄캄한 숲 속에 들어서면 오직, 저 자신만을 응시하게 됩니다. 숲 속에서 들려오는 밤의 노래와 함께 제 마음 깊은 곳에 있는 내면의 목소리가 제게 말을 걸어옵니다. 그 목소리는 때때로 낯설 때도 있지만 제게 꼭 필요한 말들을 들려주곤 합니다. 제가 가끔씩 야간 산행을 하는 이유입니다.

30분쯤 산에 올랐을 무렵, 겨울비가 후드득후드득 내리기 시작했습니다. 시계를 보니 밤 11시 30분이 지나고 있었습니다. 비를 피하려고 근처 약수터로 달려갔습니다. 달빛이 없는 숲 속은 어두웠습니다. 비바람에 몸을 뒤채는 나무그림자만 겨우 보였습니다. 어쩔 수 없이 산행을 포기하고 집으로 가려는데 핸드폰 벨이 짧게 울렸습니다. 문자 한 줄이 도착했습니다.

　아빠 곶감 먹고 싶어.

　초등학교 다니는 작은 딸아이가 보낸 문자였습니다.

　지금 비 오거든. 우산도 없어.

　이렇게 답 문자를 보내고 싶었지만 그럴 수는 없었습니다. 저는 아빠니까요. 어린 딸을 위해서라면 별도 따줄 수 있는 아빠니까요.

　잘됐다. 아빠도 곶감 먹고 싶었는데. 아빠가 곶감 사갈 테니까 기다려.

작은 딸아이에게 재빠르게 답 문자를 보냈습니다. 빗줄기는 제법 굵었지만 망설임 없이 빗길을 나섰습니다. 서둘러 산을 내려와 주변을 둘러보았지만 문을 연 가게는 없었습니다. 문을 연 가게가 있다 해도 곶감은 없을 가능성이 컸습니다. 문득 늦은 시간까지 문을 여는 길거리 과일가게가 생각났습니다. 네 정거장이나 되는 거리를 달리기 시작했습니다. 속옷까지 양말까지 차디찬 겨울비에 흠뻑 젖고 말았습니다.

저 멀리 과일가게의 백열전등이 환하게 보였습니다. 반가운 마음으로 그곳으로 달려갔습니다. 빗물에 젖은 돈을 꺼내 곶감을 사가지고 집으로 돌아왔습니다. 비에 흠뻑 젖은 제 모습을 바라보고 아내가 깜짝 놀랐습니다. 딸아이들도 깜짝 놀랐습니다. "곶감 사러 가느라 아빠 비 쫄딱 맞았거든"이라고 말하고 싶었지만 꾹 참았습니다. "곧 자야 할 시간이니까 너무 많이 먹지 마……." 따뜻한 목소리로 저는 이렇게만 말했습니다. 말이 적을수록 감동은 커진다고, 마음속으로 생각했는지도 모르겠습니다. 젖은 양말을 벗고 얼른 화장실로 들어갔습니다. 슬며시 웃음이 나왔습니다. 마음이 뿌듯했습니다.

작은딸은 곶감을 맛있게 먹었습니다. 작은 딸아이가 먹은 건 곶감만이 아니었을 것입니다. 세월 지나 아이가 어른이 된 뒤에도 길가에 놓인 곶감을 바라볼 때마다 작은 딸아이는 아빠를 추억할지도 모릅니다. 제가 만두나 호떡을 볼 때마다 저의 아버지를 떠올리는 것처럼 말입니다.

강력한 펀치는
발끝에서 시작된다

가족과의 소통은 타인과의 소통과 다르다고 생각할 수도 있지만, 깊이 생각해보면 그렇지 않다는 것을 금세 알 수 있습니다. 가족 간의 소통이야말로 모든 관계의 기본이라 말할 수 있기 때문입니다. 일반적인 경우, 관계의 기본 방식을 배우는 곳이 가정이라는 것은 누구나 알고 있는 사실입니다.

부모로부터 인정받지 못하는 자녀는 대부분 다른 사람들에게도 인정받지 못합니다. 마찬가지로 자녀로부터 인정받지 못하는 부모는 대부분 다른 사람들에게도 인정받지 못합니다. 모든 인간관계의 기본은 함께 살아가는 가족과의 관계로부터, 더 나아가 함께 뒹굴며 놀던 친구들과의 관계로부터 시작된다고 말할 수 있습니다.

격투기 선수들의 강력한 펀치는 어디에서 나온다고 생각하시는지요? 강력한 펀치는 힘센 팔뚝에서 나온다고 생각하기 쉽지만, 강력한 펀치는 발끝에서 시작된다고 합니다. 펀치의 폭과 펀치의 각도를 결정해주는 것이 디딤 발의 위치이기 때문입니다.

주먹과 발은 서로 거리가 멀어 언뜻 생각하면 그다지 상관관계가 없어 보이지만 아주 밀접한 상관관계를 이루고 있다는 것입니다. 지금 당장이라도 허공을 향해 자신이 할 수 있는 가장 강력한 펀치를 날려보십시오. 강력한 펀치는 발끝에서 시작된다는 것을 금세 실감하실 수 있을 것입니다.

강력한 펀치의 뿌리가 발끝인 것처럼 모든 인간관계의 뿌리는 가족과 친구입니다. 만일 지금 누군가와의 관계가 비틀어져 마음고생을 하신다면, 그것보다 앞서 비틀어져 있는 어떤 것이 있을지도 모르니 안팎을 잘 살피셔야 합니다. 모든 관계의 기본인 가족이나 친구와의 관계가 비틀어져 있다면, 덩달아 또 다른 누군가와의 관계도 비틀어져 마음고생을 하실 수도 있다는 것입니다. 무엇보다도 내가 나를 제대로 사랑하지 않는다면, 내가 나를 정성껏 보살피지 않는다면, 그 누구와의 관계도 비틀어질 수 있다는 것입니다. 내가 나를 정성껏 보살피는 것, 그것이 모든 인간관계의 기본이라는 것입니다.

그러나 내가 나를 의식적으로 사랑한다는 것은 얼마나 눈물겨운 일인가요. 내가 나를 의식적으로 사랑한다는 것은 얼마나 존귀한 일인가요.

어떻게 사람의 마음을
얻을 것인가

　몇 년 전 일입니다. 후배를 만나기 위해 대학로에 있는 극단에
갔었습니다. 후배는 동료 배우들과 무대 앞쪽에 마련된 테이블에
둘러앉아 대사 연습을 하고 있었습니다. 배우들은 마치 무대 위에
있는 것처럼 실감나는 대사를 주고받았습니다. 저는 텅 빈 객석 뒷
자리에 자리를 잡고 앉아 후배의 연습이 끝나기를 기다렸습니다.

　무대 위에 한 남자가 서 있었습니다. 얼핏 보기에도 중견배우
처럼 보였습니다. 그는 홀로 서서 자신이 맡은 배역을 연기하는
것 같았습니다. 그의 동작은 단조로웠습니다. 그는 식탁 위에 테

이블보 펴는 것만 거듭 연습하고 있었습니다. 위치를 바꿔가며, 고개를 갸웃거리며, 그는 많이 고민하는 것 같았습니다. 연기에 문외한인 제가 보기엔 그다지 많은 연습이 필요한 동작으로 보이지 않았습니다. 커다란 테이블 위에 테이블보를 펼치는 단순한 동작이었으니까요. 그는 왜 동료들과 함께 대사 연습을 하지 않고 무대 위에 홀로 서서 단조로운 동작만 계속하는지 궁금했습니다. 제가 알지 못하는 사연이 있을 것 같았습니다. 무대 위에 있는 배우는 동료 배우들이 대사 연습을 모두 마칠 때까지 두 시간이 넘도록 쉬지 않고 테이블보 펴는 동작을 반복했습니다.

대사 연습을 마친 후배와 많은 이야기를 나눴습니다. 후배를 통해 무대 위에 홀로 서 있던 배우에 대한 궁금증을 풀 수 있었습니다. 그는 연극무대에서 청춘을 보낸 중견배우였으며 나름대로의 전성기도 누렸던 배우였습니다. 젊은 후배들이 주연을 맡은 연극 무대에서 그의 대사는 단 한마디도 없었습니다. 그에게 주어진 배역은 테이블 위에 테이블보를 펴는 것뿐이었습니다. 주연과 조연을 맡은 후배들이 대사 연습을 하고 있을 때 그는 무대 한쪽에 서서 묵묵히 자신의 연기에 몰두했던 것입니다. 그에게 주어진 대사는 한마디도 없었기 때문입니다.

테이블 위에 테이블보를 펼치는 간단한 동작을 연기하기 위해 그는 스무 번이고, 백 번이고 두 시간이 넘도록 같은 동작을 되풀이했습니다. 테이블보를 어떤 방식으로 펼쳐야 가장 아름답게 펼칠 수 있는가를 진지하게 고민하며 그는 혼신의 힘을 기울이고 있었습니다.

대사 연습을 하며 선배인 그를 연민의 눈빛으로 바라보았던 젊은 후배도 있었습니다. 존경의 눈빛으로 그를 바라보았던 후배들도 있었습니다. 눈물을 글썽이는 후배도 있었다고 들었습니다. 테이블 위에 테이블보를 펼치는 중견배우의 배역은 후배들 보기에 민망하고 창피할 수도 있었습니다. 전성기를 누렸던 중견배우에게, 대사 한마디 없는 배역은 치욕일지도 모릅니다. 대사 한마디 없는 연극을 저 같으면 자존심 상해서 하지 않았을 것 같습니다. 여러분의 생각은 어떠신지요? "차라리 안 하고 말지"라고 생각하시는 분들도 있을 것 같습니다. 그토록 오랜 시간 동안 연극만을 사랑했는데, 시간이 지날수록 연극에 대한 사랑이 짝사랑이 되고 집착이 되어간다면 얼마나 쓸쓸한 일이겠습니까.

비록 대사 한마디 없지만, 테이블 위에 테이블보를 펼치는 연기야말로 무대를 오랫동안 경험한 배우만이 제대로 해낼 수 있는 연기라고, 그는 생각했는지도 모릅니다. 테이블보를 펼치는 것만으로도 멋진 연기를 보일 수 있다는 확신, 그것은 연극에 대한 수많은 질문을 통해 얻어낸 중견배우의 값진 깨달음인지도 모릅니다. 무언가를 진실로 사랑했던 사람만이 바칠 수 있는 열정 같은 것이겠지요. 고난과 치욕과 낮아짐이 없다면 인간이 무엇으로 진실을 얻을 수 있겠습니까.

　여러 날이 지난 뒤 후배의 공연을 보러 갔습니다. 테이블보 펼치는 연습을 하던 중견배우가 무대 위로 나왔습니다. 그의 한쪽 어깨 위에는 넓은 테이블보가 가지런히 포개어 얹혀 있었습니다. 그는 관객을 향해 익살스럽게 웃고 나서 어깨 위에 있던 테이블보를 양손 가득 힘껏 움켜쥐었습니다. 그가 서 있는 곳과 테이블의 거리는 가깝지 않았습니다. 그는 관객을 향해 다시 한 번 익살스럽게 웃고는 춤을 추듯 빙그르르 돌며 공중을 향해 커다란 테이블보를 힘차게 던졌습니다. 테이블보가 공중을 날아 테이블 위로 넓게 펼쳐졌습니다. 테이블보는 자로 잰 듯 정확히 간격을 나누며 테이블 네 개의 모서리 위에 내려앉았습니다. 객석의 사람들은 모두 "와!" 하고 탄성을 질렀습니다. 그는 관객을 향해 다시

한 번 익살스럽게 웃고는 무대 뒤로 사라졌습니다. 그의 뒷모습은 눈물겨웠습니다.

그의 뒷모습을 바라보며 벚꽃이 생각났던 것은 왜였을까요. 사람의 마음을 얻기 위해 수만 송이, 수십만 송이의 꽃을 피워내는 벚꽃이 생각났던 것은 왜였을까요.

아무것도 아닌 배역으로도 관객의 탄성을 이끌어내는 배우의 모습을 통해 저는 많은 것을 느낄 수 있었습니다. 빛나고 싶다면 가장 어두운 곳으로 가야 한다는, 삶의 의미를 깨달을 수 있었습니다.

지금까지 긴 시간 동안 여러분께 이런저런 말씀을 드리며 저는 내내 "내 생각이 틀릴 수도 있다"는 것을 마음속으로 인정해야 했습니다. 그래야만 '어떻게 사람의 마음을 얻을 것인가'에 대한 더 나은 통찰을 얻을 수 있기 때문입니다. 삶과 사람은 끊임없이 배워야 할 그 무엇일 것입니다.

긴 시간 동안 보잘것없는 저의 이야기를 들어주셔서 감사합니

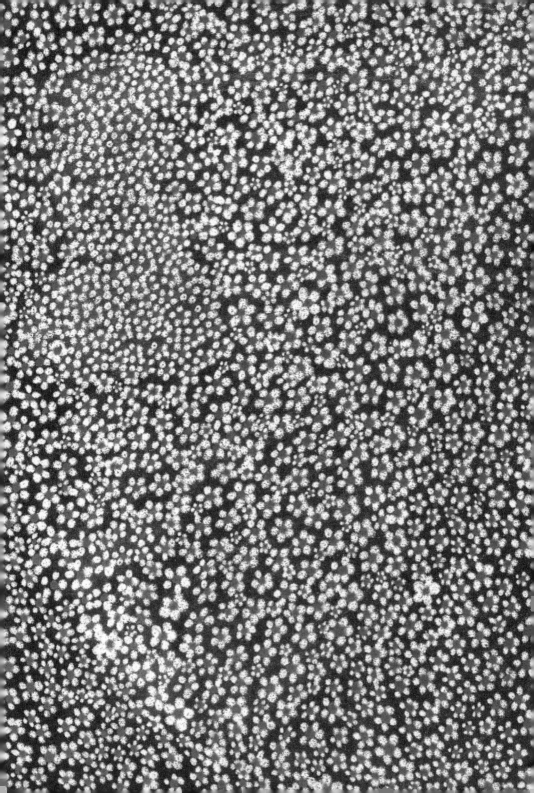

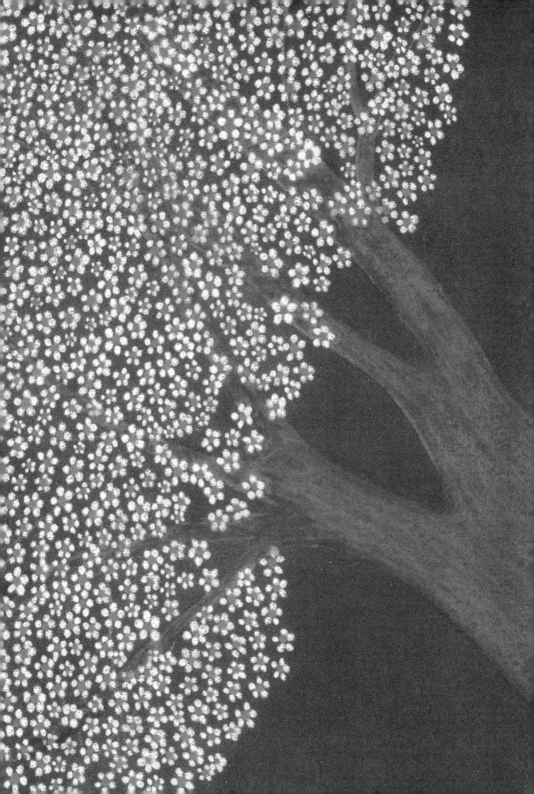

다. 공감의 눈빛이든 질책의 눈빛이든 제 마음 깊은 곳에 소중히 간직하겠습니다. 그 무엇도 저를 이끌고 가는 동력이 되어줄 테니까요. 허락해주신 시간, 두고두고 저를 고치는 시간으로 삼겠습니다. 감사합니다.

어떻게 사람의 마음을 얻을 것인가

ⓒ 이철환, 2015

초판 1쇄 발행일 2015년 5월 30일
초판 6쇄 발행일 2018년 10월 24일

글·그림   이철환
펴낸이   정은영
펴낸곳   ㈜자음과모음

출판등록   2001년 11월 28일 제2001-000259호
주 소   04047 서울시 마포구 양화로6길 49
전 화   편집부 (02)324-2347, 경영지원부 (02)325-6047
팩 스   편집부 (02)324-2348, 경영지원부 (02)2654-7696
e-mail   jamoteen@jamobook.com
커뮤니티   cafe.naver.com/cafejamo

ISBN 978-89-544-3157-6 (03810)

잘못된 책은 교환해드립니다.

이 도서의 국립중앙도서관 출판예정도서목록(CIP)은 서지정보유통지원시스템 홈페이지
(http://seoji.nl.go.kr)와 국가자료공동목록시스템(http://www.nl.go.kr/kolisnet)에서
이용하실 수 있습니다.(CIP제어번호: CIP2015013569)